3대 성좌 도전기

3대 성좌 도전기

발행일 2018년 12월 7일

지은이 장 용 득
펴낸이 손 형 국
펴낸곳 (주)북랩
편집인 선일영 편집 오경진, 권혁신, 최승헌, 최예은, 김경무
디자인 이현수, 김민하, 한수희, 김윤주, 허지혜 제작 박기성, 황동현, 구성우, 정성배
마케팅 김회란, 박진관, 조하라
출판등록 2004. 12. 1(제2012-000051호)
주소 서울시 금천구 가산디지털 1로 168, 우림라이온스밸리 B동 B113, 114호
홈페이지 www.book.co.kr
전화번호 (02)2026-5777 팩스 (02)2026-5747

ISBN 979-11-6299-433-7 03810 (종이책) 979-11-6299-434-4 05810 (전자책)

이 도서의 국립중앙도서관 출판예정도서목록(CIP)은 서지정보유통지원시스템 홈페이지(http://seoji.nl.go.kr)와 국가자료공동목록시스템(http://www.nl.go.kr/kolisnet)에서 이용하실 수 있습니다.
(CIP제어번호 : CIP2018039354)

3대 성좌 도전기

장용득 지음

머리말

죽음에서 내 영혼들은 눈이 오는 겨울에 하얀 나비가 되어 떠날 준비를 하고 위장 출혈 3곳 간암, 폐에 피가 가득 찼고 3번의 죽음에서 환생하면서 내 작은 문학의 씨앗에서 새싹이 2018년 1월 12일 겨울의 혹한을 이기고 북랩 출판사에서 『통일의 대박꽃』(시혼과 투병일기)이란 책으로 출판되었다.

1992년 자칭 깨달은 자로 5대 성인이라고 자처하며 연세대 굴다리 밑과 동숭동 마로니에 공원과 홍대 앞 옆길에서 거적때기를 깔고 앉았던 적도 있었다.

그때의 깨달음이 꽃봉오리였다면 지금은 활짝 핀 꽃으로 3대 성좌라 자처하며 5차원의 깨달음을 논문해 본다.

1. 이 세상 모든 악은 반딧불이요
2. 모든 사람들은 밤하늘의 별빛들이요
3. 나는 우주이다
4. 이 세상 진리는 내가 죽어 거름이 되어야 꽃이 피고
5. 신 ◇ 순수의 빛이 우주 어디에도 퍼져 있음이다

삼천 리 금수강산, 동방의 영롱한 이슬의 아침나라에 2018년 무술년 황금 개띠의 해 하늘이 내려와서 블루문 슈퍼 보름달이 뜨고 별똥별 페르세우스 유성우가 이 땅 위를 수없이 빛을 내며 지나가고 화성별이 금세기에 가장 지구 가까이 내려와서 개기월식이 일어나고 서쪽 일산 쪽에선 저녁노을과 맑은 하늘에 흰 뭉게구름 뒤에서 천둥 번개의 불빛 불꽃 축제가 일어나고 철원산 비탈 밭엔 하얀 눈밭에 흰 꿩이 나타나서 한민족에 행운을 알린다.

지구촌은 자연의 재앙으로 지옥을 연상케 하며 종교를 빙자한 가짜들이 판을 치고 있고 사람들은 거짓의 덫에 걸려 헤어나려고 몸부림을 친다.

여기에 3대 성좌는 한민족의 통일과 세계평화를 예언하며 나타난다.

삼천 리 금수강산이 한민족이다.

우리 모두 자아를 깨달아서

사랑으로 통일하자.

무명 시인

-2018년 2월 9일 연세대 앞 굴다리 아래에서-

목차

『통일의 대박꽃』(시혼과 투병일기)

죽음에서 생으로 무명 시인이란 이름으로 나의 문학의 꿈 종이학의 이소비행이다.

철없는 어린나비 한 마리가 수평선 바다에서 끝없이 밀려오는 하얀 물갈기가 무꽃 배추꽃인 줄 알고 한없이 날아가다가 꽃밭에 잠시 쉬었다가 가려고 내려앉는 순간 그곳은 꽃밭이 아니고 파도였다.

파도에 날개를 적신 철없는 어린 나비는 뭍으로 뭍으로 엄마 아빠가 기다리는 삶의 터전 세상으로 무한히 날았지만, 날개는 무겁고 육체는 지쳐서 결국 동궁의 파도 속으로 죽음을 맞이하려고 할 때 그때 마침 저녁 노을을 받으며 뭍으로 가는 돛단배 한 척이 지나가고 있어서니 어린 나비는 간신히 돛대 위에 앉아 찬연한 저녁 노을빛 속에 금빛 은빛의 바닷물결을 타고 뭍으로 오게 되었습니다. 여러분! 이 글들이 수없이 나의 문학 제1권 『통일의 대박꽃』(시혼과 투병일기)의 심정에 응어리가 진주빛이 되도록 서술하였건만 왜? 내 책은 1권도 안 팔리는지 쓸쓸하게 아름답네요.

2017년 10월 16일 월요일

『통일의 대박꽃』(시혼과 투병일기)의 글을 오늘 오전에 끝을 내었다. 300페이지를 8번의 탈고 끝에 완벽이란 없는 것으로 결론을 내렸다. 창작이란? 우연의 일치에서 그 느낌이 인연으로 맺어지는 것이다. 시란? 세상의 모든 사물의 영혼과 대화하고 영혼의 한을 신의 이름으로 망울망울 꽃 피우는 것이리라.

일기를 쓰는 사람은? 자기 인생을 세상에 두 번 살아가는 사람들이다. 이런 나의 글이 출판사에서 출판이 될 수 있을까. 어떻게 해서라도 내 마음속에 나의 어린 문학들을 종이학의 등 위에 싣고 세상에 날려보아야 할 텐데.

무명이 문단에 등록도 아니하고 시인인 척하지만 어찌겠어! 무허가도 삶인 것을, 그리하여 고통과 좌절의 아픔이 더 컸다고 한다면 그 또한 나의 운명이지 않겠어요? 아픔과 고통이 클수록 깨어날수만 있다면 진리는 아픔 인고에서 새싹이 돋고 찬연히 꽃피우는 것이겠지요.

지금은 죽음에서 생명이 깨어났고 아픈 문학의 이 겨울이 지나고 봄이 오면 새싹이 돋아날 수 있을런지요. 이것이 꿈이 이루어지지 않을지라도 인간은 꿈속에서 창작을 하고 연구와 도전을 할 때 인간이 발전해 나가는 것이 아닐까요.

대중가요 이미자의 노래 '동백 아가씨', 송창식의 노래 '고래 사냥' 등 독재의 칼날 앞에 제제와 압박을 당하던 예전에는 무명의 문학이 출판을 하고 교보문고에 나가고 국립중앙 도서관, 여의도 국회 도서관에 보관된다면 꿈도 꾸지 말아야 할 인생이지만 이 나라 문재인 님이 대통령님으로 당선되고부터는 웅크렸던 민주주의의 꽃이 이제는 제대로 필 봄이 오려나 봅니다.

어쩜 신의 이름으로 나의 시대가 문학으로 한민족의 통일과 세계 평화의 5차원의 새싹이 삼천 리 금수강산, 동방의 영롱한 아침이슬의 나라에서 시작이 될 것이다라는 허황한 꿈을 잔뜩 안고 세상과 씨름을 하고 있다. 원고 용지에 쓴 글도 아니고 요즘 글쓰기 유행인 컴퓨터 노트북 활자도 아니고 일반노트 3권에 적은 글을 복사를 해야 출판사로 보여줄 것이 아닌가. 내 생각엔 동네 작은 문구점에서 복사를 하면 조금이라도 값이 싸겠지 하고 들어갔는데 노트에 용수철이 있어서 못한다며 거절당했다.

『통일의 대박꽃』 글도 창피한 마음으로 문구점에 들어갔는데 거절당하니까 더욱 창피스러웠다.

허망히 돌아오는 길에 내 인생에 팔자를 또 들먹거리지 않을 수가 없었다.

왜 나는 평생을 뭣이 한 번에 되는 일이 없는 것인지 참 희한하지 않을 수가 없다. 이제 죽음에서 새로운 인생을 신의 이름으로 시작하는 첫 걸음마를 또 넘어지면서 시작을 한다면 앞으로 얼마나 더 넘어져야 내 인생의 길을 뜀박질하며 가든지 걸어갈 수나 있을는지 그것이 재미있는 것이 아니고 나는 왜? 어떻게 넘어지고 어떻게 일어나서 또 넘어지는 내 꼴이 이제는 재미있을 것 같아서 일기를 쓰며 깨달음의 성좌가 오는 과정을 집필하고 5차원의 깨달은 자! 3대 성좌로 이 땅에 태어남을 선포한다.

10월 18일 수요일

어제는 알파문구점으로 갔다.

여기서는 시간이 좀 많이 걸리더라도 저녁까지는 해주겠단다. 혹시나 몰라서 2부씩을 찍어달라고 해서 결국에 1부 300장 분량의 돈을 미리 쓴 셈이다. 이것도 내가 똑똑하지 못한 처사이다. 내 평생 모든 정열을 쏟아부은 나의 문학 내 얼라들을 책으로 출판하려니 아무것도 모르는 깜깜이 내가 세상을 살아온 내 인생이 정말 똑똑하고 야물딱진 데가 없고 핸드폰 문자 받는 것도 못 하고 보내는 것을 염두에도 못 내고 인생을 열심히 참 잘 살아왔다고 자부심과 후회 없다는 것이 이해가 안 되지, 그렇지 하고 나에게 반문하는 내가 또라이는 아니겠지요. 우선 출판사 전화번호를 알아야 상담을 해 볼 텐데 맑은 서울의 날씨에 눈뜬 장님이니 이 일을 우찌하면 좋노.

내 딸들에게 부탁을 하려니 안 되는 일에 또 쓸데없는 고집을 피운다고 핀잔을 들을까 봐 못하고 똑똑한 나의 두뇌에 떠오른 것이 광화문 교보문고에 가서 손님인 척 책을 고르는 척하면서 각종 책 뒤 페이지에 출판사 전화번호가 적혀있겠지. 그것을 5곳만 적어와서 전화를 하면 되겠구나. 기발한 아이디어로 지하철을 타고 광화문 교보문고를 이 할아버지가 들어가는데 무허가의 어색함까지 덮어씌워 얼마나 창피한지 괜스레 얼굴이 벌겋게 달아올랐다. 처음 찾아가 본 교보문고가 어디가 어딘지 천지가 책이니 어떤 책을 보아야 하는지 난감했다. 저쪽 옆자리에는 문학의 맹신자같이 무더기로 앉아서 공짜 책을 읽고 있고 광화문 땅값이 평당 무지하게 비쌀 텐데 "공짜 참 좋은 문구여~잉!"

촌놈인 내가 처음 서울역에 내렸을 때 그 기분이 떠올랐다. 어색하지만 나도 책 고르는 사람들처럼 여기저기 기웃기웃하다가 사람들이 머문 한 코너에서 책을 고르는 척하면서 뒷장을 보니 아니 있어야 할 출판사 이름, 전화번호, 펴낸이 등이 책마다 사라져 버렸다.

나중에 알고 보니 요즘은 앞장에 옮겨온 것이란다. 그 또한 글씨가 작아서 안경을 쓰지 않고는 읽을 수가 없으니 촌놈은 촌놈인가 보다.

결국 컴퓨터 안내 코너에 가서 출판사 전화번호와 이름을 10곳만 적어달라고 부탁했더니 열 곳은 안 되고 4곳만 가르쳐 주었다

1. 문학과 지성사-02-338-7222 2. 창작과 비평사-032-955-3333

3. 문학동네-031-955-8888 4. 실천 문학사-02-0322-1611

출판사 이름들은 소시절에 어디서 들어본 멋진 이름들의 출판사가 아닌가. 인간의 지성인 가문에 거지 같은 내가 대문에 노크를 한다. 시방 이말 인기가예 누가 내 뒤통수에 소금, 고춧가루를 뿌리는 것 같은 느낌으로 얼른 교보문고를 빠져나왔다.

이름만 읽어도 멋이 있는 출판사 전화번호도 멋진 아라비아 숫자를 수십 번 들여다보며 집에도 못 들어가고 남의 아파트 단지 숲 아무도 사람이 없는 곳으로 들어갔다. 떨리는 마음을 억누르며 "실천문학사 출판사이지요." 그다음 해야 할 말들을 미리 번복 연습을 한 채 조심히 두근두근 뛰는 가슴으로 또박또박 실수 없게 전화를 눌러보았다. "대번에" 없는 번호이오니 다시 확인하고 걸어주십시오. 혹시나 요 손가락이 맹했다 싶어서 정신을 바짝 가다듬고 다시 걸어 보았다. 역시나 없는 번호입니다는 답이다.

왜 이리 내 인생이 쓸쓸하게 안타깝게 아름답지 뭐가 한 번에 되는 일이 없으니 이번에는 창작과 비평사에 조마조마한 마음으로 전화를 해보았다.

역시 없는 번호로 나왔다.

나는 약간 화가 나려고 했다. 대한민국의 제1호 교보문고에서, 문학이면 인간의 정신과 모든 지식의 선구자 역할을 하는 최고의 교보문고가 일하는 꼴이 이 모양이니 이 나라의 문학이 발전할 수가 없지 않느냐.

어디 거지 같은 것이 문학의 문단에 등록도 안 된 상거지가 교보문고의 거대한 공룡 앞에서 새앙쥐 새끼 한 마리가 찍 소리를 했구먼요~잉! 암만! 그랬지라우~잉! 아~ 나는 역시 안 되는 것이구나. 오늘은 저녁때쯤이니 일단 포기하자 집으로 돌아온 나는 아내에게 아무 짓도 아니 한 것처럼 얼버무렸다.

밤새 잠이 오지 않는다. 이화여대 목동병원에서 MRI 촬영을 하고 병실로 침대를 밀고 올 때 여의사 선생님이 간암이니 각오는 하셔야 된다는 죽음 앞에서도 유언의 글을 쓰고 애절한 사랑의 시혼들이 주마등처럼 고척동 다리 위에서의 사연들이 떠올라서 병실에서 써온 내 문학의 내 새끼들을 종이학 등 위에 태워 세상에 날아보자는 꿈이 3일 만에 추락하는 허무함에 이 밤이 잠이 오지 않는다.

나의 모든 것이 신이 주는 시련이라면 오늘 이 또한 맹하니 멍하고 있는 것보다 스릴있는 교보문고도 가보고 실천문학사, 창작과 비평사 암만! 장형이 좋아하는 창작이란? 모래 속에 금싸라기를 고르듯 스쳐가는 수많은 생각 중에 우연의 일치에서 그 느낌이 인연으로 맺어지는 것이다.

어매~ 멋져부렸어~ 잉! 참말로 실패를 준 신에게 고맙다고 절을 열두 번은 해야되~잉! 안 거런감! 그 시기 장 형!

개코나 속을 다 썩여놓고, 속이 썩어야 거름이 된다 안카나. 이러면 천하의 영웅호걸이 천둥 번개에 놀랐느냐, 잎새에 이는 바람에도 나는 괴로워했다. 장 형! 어쭈구리 한끈 하는데 매도 자주 맞는 놈이 이골이 난다고 실패도 자꾸 하는 놈이 헛웃음이라도 친다 안 카나~암! 그렇치 용! ~잉!

각 출판사의 거절로 내 문학의 찢긴 비운을 안고

10월 19일 목요일

간밤에 세파에 시달려 찢기운 여린 나뭇잎 같은 심정으로 오늘도 사람들이 없는 남의 아파트 단지 숲에 들어가서 떨리는 마음으로 어제 교보문고에서 적어준 문학과 지성사에 용기를 내어 손가락이 부들부들 떨리면서 전화를 걸었다. 첫 번에 연락이 되었고 편집부의 담당자와 통화가 되었다.

나는 시와 수필글이 책 한 권 분량이 있는데 책으로 출판하고 싶어서 전화했다고 말했다.

답변은 문학과 지성사에 등록이 되어있는 작가 선생님이 아니면 면담이 안 된다고 했다. 나는 제가 찾아갈 테니 한번만 만나서 나의 글을 읽어만 봐달라고 부탁을 했고 편집부 담당자는 원고의 복사본을 우편으로 부쳐주시면 읽어볼 수는 있다며 전화를 끊어 버렸다. 하기사 또나 개나 글을 썼다고 어중이 떠중이들이 수도 없겠지. 나 또한 어중이인지도 모르지 아니면 떠중이라 한들 어떠하리 어차피 안되는 꼴이 제 꼴이면 어떻고 개꼴이면 어떻하리 이렇게 한세상 살다 가면 모두가 제 꼴인 것을. 잘난 놈 있거든 가는 세월 잡아보소 예.

어중이 떠중이 한세상 가고 나면 제 꼴이 개꼴이고 개꼴이 제 꼴이지 "뭣이라, 돌아서야 하는 이발길이 쓸쓸히 아름답지만 주위와 뒤를 돌아보면 개나 새나 듣지 않았겠지. 눈가에 이슬이 맺혔다 안카나 암만!" '그 시기에' 요것이 멋져부렸당께요

실패는 더 나은 나를 낳는다. 이 말은 맞는 말이다. 허지만 언젠가 한 번은 내가 심은 창작에 한번은 나무에 꽃을 피워야 그것이 인생이 아니냐 얼마나 잘되려고 이 앰병을 떨고있나. 그래 일기를 써보자.

내 아내의 말마따나! 내가 1987년쯤 죽음을 예언하고 유언으로 내 죽음 후 아이들과 어떻게 살아가라고 했을 때

그런 뜨뜻미지근한 말이 어디 있느냐 남편이 죽었는데 무슨 병으로 죽었는지도 모르는 어정쩡한 마누라로 보느냐, 내일이라도 당장 병원에 가서 무슨 병에 죽는지 살릴 수 있는 것인지 원인을 밝혀보자.

아무리 형편이 어렵다고 해도 이건! 아니지 않느냐. 아내가 천치 바보냐고 했고 그때 나는 15일만 시간을 다오, 그때 병원에 가보겠다고 했고 그 후 새벽마다 신에게 내 병이 낫지 않으면 나는 신을 믿지 않고 병원 의사님을 믿을 수밖에 없다며 내 정신이 병원 의사의 정신에 질 수가 없다는 나의 똥고집이 이긴 적이 있었다니까요. 그렇다.

문학의 펜은 열두 지옥의 관문을 통과할 때마다 일기를 쓴다면 죽음보다 더 강하게 된다. 와~우! 브라보. 나두 인정 샷! 굿모닝! 아재요. 아침 묵었는지요.

지구촌에 인간 사람 여러분! 특히 삼천 리 금수강산 한민족 여러분!

여기 한 쫀지리가 일기를 쓰겠심더. 암! 일기! 조심들 허들라고~ 잉!

나와 만나는 사람은 실명으로 일기에 적을 것이니께, 후삼국 시대 때 궁예의 관심법은 이 쫀지리의 심리파악 앞엔 깨갱임을 아셨찌롱!

하니 신의-◊- 순수 앞에 허영과 거짓과 자기 욕심은 꼬리들 내리는 것, 그것만으로도 그대는 5차원의 사람으로 인정샷! 정신들 제 정비해야 인간이제. 이것이 통일의 시대를 맞이하여 사람이 미리 준비 좀 해 있어야제~ 암만! 좀 짜증 나고 화가 나도 참을 인 인간이다, 이 말 인기라예.

만약에 이번에도 나의 실패가 없었다면 일기를 써야 되겠다는 생각도 못 했고 『통일의 대박꽃』 책 한 권으로 헤밍웨이의 『노인과 바다』같이 노벨 문학상을 타고 일본의 작가 『우동 한 그릇』 안타까운 소설로 베스트셀러가 되어 돈도 좀 벌었다면 그냥 작가로 어쩌면 잘난 체 좀 하며 거들먹대는 인간 못쓸 놈이 되었을 테지 뻔한데 실패가 깨달음 인간으로 알찬 꽃게같이 되구먼요~잉! 요로코롬! 내일의 내 인생의 일기가 궁금하지는 않으시겠지요~잉!

10월 20일 금요일

내 딴에는 뒷곰배 머리에 뇌가 깊이 들어앉아 있어서 똑똑하고 영특한 줄 알고 있는데 사람들과 내 가까운 주위에선 내가 한다는 일은 무조건 안 된다 하지 말라고 하니 이것이 또한 무엇입니까. 깊이 원인을 분석해보아야 한다면 첫째는 저 사람들 눈에 마음에는 내가 하찮고 어리석게 보여서 모든 일이 어설프게 보여서일 텐데. 그렇다면 저들이 나보다 똑똑하단 말인가 나의 판단으로는 물론 내가 선택한 여자와 집안 남자들이 허튼 정신은 아니지만 분명히 내가 똑똑하고 내가 선택한 삶에 일들이 돈을 한 푼도 못 벌어서 그렇지 집의 것을 까먹지는 않았다.

인생의 삶에 부와 명예도 권력도 서민들보다 좀 잘살려면 무조건 학벌이 있고 전문분야가 있어야 됨을 나는 다시 한번 내 자식들에게도 말은 하지만 나 자신에게도 인정은 하지만 내 생각은 이것은 아니다. 똑같은 이름의 꽃이라고 해도 온실에서 연구해서 키우고 핀 꽃보다 야생의 자연에서 긴 겨울의 설한과 혹독한 바람을 견디고 봄이면 새싹이 돋고 여름이면 천둥번개 태풍을 견디고 가을이 오면 산등선이 위에 홀로 핀 꽃 외로우면 어떠하리 이름없는 꽃이면 어떠하리.

『통일의 대박꽃』(시혼과 투병일기) 책이 출판이 되어야 이 민족의 운세가 통일이 되면 세계평화의 초석이 될 텐데. "우짜노, 나는 컴맹으로 아무것도 할 수가 없는 무지의 나인 것을 그래도 멍 때리고 가만히 있으면 안 되겠지라우~." 오전에 알파 문구점에 가면 돈을 좀 주며 컴퓨터에서 서울과 경기도에 있는 각 출판사 이름과 전화번호를 뽑아 달라고 하면 되겠구나 아이디어를 짜내고 뽕 따러 가는 아가씨처럼 두근거리는 마음으로 갔다. 담당자가 12시 점심시간이라서 자리에 없다고 했고 문구점 바깥에서 1시간을 기다렸다가 만나서 돈은 더 주겠다고 해도 남의 출판사 전화번호를 빼서 줄 수가 없다며 거절당했다.

내가 하는 꼴이 이 모양이니 참 내 꼴이 한심스럽다.

오후에는 아내와 강아지를 데리고 마포구 상암동 제10회 새우젓 축제가 열리는 하늘공원과 평화공원에 놀러갔다.

억쇠풀 축제의 마지막 날에는 수많은 사람들이 물결처럼 가고 오고 평화공원 호수물 위에는 창출적으로 황포돛대 돛단배를 띄우고 소금장수와 새우젓 장수를 전구색 혹은 천연 칼라색 불빛으로 만들어서 모두들 홍겹고 좋아라 하는데 나는 왜? 홍겹지 못하고 나의 뇌는 온통 문학의 글들만 앵꼬날 정도로 꽉 차서 세상의 모든 일을 나와 연관시키는 것인가?

어느 예술의 연출가가 제법 창출은 잘했다고 봐야 할 텐데, 이 지구촌에 예술을 논한다면 자칭 무명 시인을 빼놓고서는 안 되지라우~. 잉! 암만! 그시기! 고흐 씨도 자기 귀를 자르며 우울증 암이 진주를 만들고 피카소, 레오나르도 다빈치, 톨스토이의 문학 자기 재산을 어려운 사람에게 나누어 주고 자기는 눈이 오는 시골의 기차역 앞에서 눈 속에 얼어 죽어가는 예술의 철학 영혼 속에 흐르는 저들의 영감들을 신◇의 이름으로 나와 내면의 세계를 논해볼 자 나와봐라. 이렇게 세상일에 낄 때 안 낄 때 빠락빠락 끼어들려는 나는 누가 좀 말려줘요! 요것이 이 쫀지리의 인생 낄낄빠빠다 이 말인기라요.

10월 22일 일요일

슈~퍼 보름달이 뜨고 서쪽에 별빛이 유난히 빛이 나고 깨달음이 왔다. 깨달음이란 언뜻언뜻 떠오르는 생각들을 좋은 것이라고 생각될 때 얼른 스케치를 했다가 덧붙여서 글로 쓰는 것이다. 사실 깨달음이 가장 잘 오는 장소는 화장실이다. 깨달음이 온다는 것은 부처님같이 한번에 광명천지의 빛이 되는 것이 아니고 나같은 경우는 0.1%로의 씨앗에서 새싹이 돋아 움터움을 말하는 것이고 현재의 글에서는 3대 성좌로 깨달음을 자처할 수 있는 것까지를 일기로 적어 볼 것이다.

오늘은 우주는 하나이고 생명체가 진화론에 의해 신의 영감으로 부모의 유전자로 태어났다가 사라지는 것이다.

지구촌에 생명체의 진화론까지도 수억만 년이 걸렸다면 우리네 인생살이 백년살이는 참 소중하고 고귀한 것인데 삶의 전쟁터는 가혹하다.

생명체의 탄생이 그러하여 생겨났다면 산등성이에 홀로 핀 산꽃같이 영혼은 군락을 이룬 들꽃들처럼 세상의 바람에 시달리고 일어나는 풀잎 같아야 한다. 세월이 제법 흐른 뒤는 새로움의 생명체는 돋아나지만 늙어서 죽으면 자연으로 돌아간다는 생각만 하여라. 죽음이 허망타, 인생의 삶이 야속타 말하지 말어라.

신은 우주세상을 창조하실 때 공평하게 똑같이 준 것이 있다.

첫째는, 생명체는 언젠가는 죽음을 맞이한다.

둘째는, 성인군자나 사탄과 악마와 영웅호걸이나 바보 멍청이나 유명인이나 무명인이나 세월이 흐른 뒤에는 모두가 똑같다는 것이다.

셋째는, 죽음이면 순간! 마감하고 영혼도 죄악의 악마도 지옥은 없고 모두 천당으로 신에 귀속된다는 것이다.

오늘 내가 깨달았다고 하는 것은 예수님은 모든 영혼이 지구촌이 아닌 우주 중심 혹은 우주 위쪽 하늘나라에 하나님 아버지의 나라 어느 행성에는 우주를 빛하고 영원히 초롱하는 영감의 세계가 있음을 태어날 때부터 유전의 기를 받고 깨달은 것이고 석가모니님은 우주를 부처로 어머니 마음같이 깨달은 것을 현재 내가 느끼고 알았다는 것이다.

내가 깨달은 신은 ✧ 순수의 빛으로 2018년 무술년 황금 개띠의 해에 봄에 깨달은 것이고 신은 우주세상을 창조할 때 상반된 원리로 악을 사랑해야 선이 빛나고 밤이 있어야 별빛이 더욱 찬란하고 우주도 하나뿐인 아버지가 있으면 우주의 어머니가 있게 창조하심을 나는 그렇게 생각한다.

나에게 오는 모든 것은 신이 나에게 주는 운명이요, 시험이니 그 운명을 피해가려 하지 말라. 나쁜 운명도 내 정신과 영혼으로 이겨내면 이것이 군자의 길이다.

세상이 내 마음대로 오는 것이 아니고 더불어 해서 오는 것임을 적어보겠다.

10월 9일 월요일 한글날

그저께 엊그제 서대문구 안산에 올라서 앞에 보이는 인왕산을 보며 오늘은 인왕산에 처음 가보기로 했다.

아내의 언니 처형이 인왕산 쪽에서 살고 있어서 안내를 해주겠단다. 오전 11시부터 둘레길만 걸었고 마지막으로 윤동주 시 문학관이 있는 인왕산 고갯길 자락 끝, 참 좋은 곳에 소나무 한그루가 특이하게 있어서 소나무를 잡고 사진도 찍었다. 윤동주 시인님이 그 험한 일본의 핍박 속에 오늘까지 일구어 놓은 소나무, 윤동주 시인님도 좋아할 이곳에 어디서 또라이 같은 허가도 없는 시궁탱이가 폼을 잡고 사진을 찍는 내 꼴을 보며 철없는 이 무명이 문단에 등록이 된다는 것이 하늘의 별을 따는 것만큼이나 어렵다는 것을 앞으로 그 길의 고통을 걸어보려무나. "하늘을 우러러 한점의 부끄러움이 없기를 잎새에 이는 바람에도 나는 괴로워했다" "별을 헤이는 밤에"

한민족은 소나무를 좋아한다. 소나무야, 윤동주 시인님의 영감이 삼천 리 금수강산에 통일이 오면 내가 여기 이곳에 한번 더 들릴 거다. 그러니 나의 책 『통일의 대박꽃』(시혼과 투병일기) 출판이 되고 노벨 문학상을 탈 수 있게 도와다오. "아니" 내 꿈이 너무 과했나 그러니까 또라이 소리를 듣는 것 아닌감요.

처형의 새로 뽑은 승합차를 타고 인사동 유명한 한우 갈비탕 집으로 점심 먹으러 들어갔다.

아직 내 몸이 성하지 못하고 신발을 벗고 신는데도 아내의 부축을 받아야 한다. 여기 사장님이 품격이 공무원을 하시다가 그만두고 식당을 운영하는 분같이 지성이 있어 보이는 모습에 나에게 정중하게 침묵으로 인사하며 유난히 친절히 해주는 것에 참 고맙고 그분의 점잖으신 모습이 잊을 수가 없다. 지하 4층에서 처형의 차를 타고 빌딩 정문으로 나오는데 사장님이 담배를 피우려고 바깥에 나오셨는지 나가는 우리를 보고 또 한번 인사해주는 것이 너무 고맙고 처형 앞에서 아직은 내가 사람들 앞에서 주접스럽게 보이지는 않나 보다. 어쩌면 인생이 황혼길 석양 앞에 서면 그의 내면의 세계가 외면 얼굴에 나타난다고 했는데 혹시 내 모습에 무명 시인의 예술의 흐름이 보였거나 설마 성좌의 빛이 나타나지는 않았겠지. 여하튼 신◇이시여 저분의 앞날에 큰 어려움이 없고 사업이 번창하여 좋은 모습과 건강하게 빛 하소서 하고 내 마음속으로 빌었는데 아내는 주인들은 당신에게만 친절한 것이 아니고 손님은 누구에게나 모두 그렇게 인사해 주는 것이 상사의 수법이지 당신이 뭣이 잘났다고 인사를 해주는 줄 착각하지 말라고 말한다.

처형의 차가 갈림길에서 이리 갈까, 저리 갈까 망설이는데 나와 아내는 지하철역이 가까운 곳이면 아무 곳이나 세워주면 된다고 했고 처형은 그냥 우리를 역에 세워주기가 아쉬웠는지 차를 핸들을 확 꺾어서 광화문 쪽으로 향했다. 광화문 앞에 서울의 광장으로 아름답게 꾸며져 있고 멋있고 품격도 있어 보였다. 세종대왕님의 동상이 보이고 한민족의 역사에 한글도 창출하셨고 최고로 인자하시고 훌륭한 왕이신 오늘이 한글날이 아닌가? 한글날 인사동까지 와서 보고 가라고 운전대를 잡은 처형의 마음을 움직였기에 만나지는 것이 어찌 내 마음대로 할 수 있는가요. 세종대왕님의 기와 신의 뜻이 아니고서는 우째 이런 일이 앞으로 올 수 있는감요. 나는 세종대왕님의 동상에 마음으로 기도를 올리고 신의 빛이 내리길 기원하면서 이 한민족의 통일을 나의 문학이 세상에 날 수 있게 해 달라고 바람을 하였다.

10월 23일 월요일

오늘은 문학동네 출판사에 전화를 해보았다. 역시 없는 번호입니다, 전화가 안 되었다. 창피하기도 하고 허망하기도 하고 앞으로 어떻게 해야 할지 난감할 뿐이다. 내 딴에는 뒷곰배의 뇌도 꽤 좋은 편이고 나에게 주어진 일은 최고의 1인자가 되기 위하여 남들이 잠을 잘 시간도 공부하고 버스를 타고가는 시간도 공부했건만 결과는 매번 요모양 요꼴로 패가망신으로 돌아오니 참으로 운명도 뭔! 팔자여~잉!

문학만 하더라도 1992년 《퀸》 잡지 11월호에 '돌연변이 하얀제비족 이상한 시인이 나타났다'고 4페이지에 실렸고 책 1권 분량의 글 제목 '신비한 성을 가진 여자'를 당산동 혜진 출판사에 넣었다 베스트셀러를 잘 창출해 내는 유명한 출판사였다. 글 내용은 중국의 달기와 양귀비, 미국의 마릴린 먼로, 이집트의 클레오파트라, 프랑스의 입 생로랑, 한국의 마광수 교수님의 『즐거운 사라』, 『가자 장미의 여관』으로 세기의 욕녀, 욕망의 러브스토리 앤드 욕정의 여인들이 좋아하는 과일 썬 것들과 가장 욕정이 많은 여자가 욕정이 일어나서 못 견디며 송곳으로 허벅지 위쪽을 찔러서 그 아픔을 쾌감으로 느끼든가 팔뚝을 물어뜯어 팔뚝이 성할 날이 없다는 욕정 여자는 정신력이 강하고 투철함이 목숨을 걸 만큼 자기의 성은 제2의 생명으로 지키는 여자들이 신비한 성을 가진 여자들이다.

인구 여자 천만 명이 태어날 때마다 우주의 어머니 기운이 쇠퇴할 때 성욕이 가장 강하게 태어난다는 책 1권 분량의 글을 헤진 출판사에서 돈 한 푼도 안 받고 출판해 보자고 하며 저녁식사라도 대접하겠다고 했는데 3개월이 지나도 소식이 없고 전화도 안 되어서 찾아가 보았더니 헤진 출판사가 부도가 났다고 경비원이 말했다. 모든 짐은 다 뺐고 원고도 못 찾고 그때부터 나는 글쓰기를 포기하고 여기까지 온 것이다.

황제 스포츠 댄스를 할 즈음에도 간간이 좋은 깨달음은 스케치도 했었는데 내 몸에 피가 부족하여 볼펜을 손에 쥐면 손아귀에 쥐가 빠등빠등 아프게 나면 숨도 못 쉬고 아픔의 고통이 와서 이것이 내 인생에 글을 쓸 팔자가 아니구나 하고 문학의 귀중한 기리빠시들을 언젠가 쓰레기 봉지에 담아 모두 버린 것이다. 신은 댄스 스포츠 학원 겸 식당 운영을 하고 있는 나의 모가지를 잡고 화장실 타이루 맨 바닥에 처박아서 생돼지 멱따는 위 빵구 출혈과 간암시술로 피가 폐에 꽉 차서 정맥 시술까지 해서 죽음에서 생으로 문학의 씨앗에 움을 터게 하고는 또 시련을 주는 이것을 여러분이라면 어떻게 하실 겁니까.

10월 25일 수요일

내 평생의 한을 토해낸 내 문학 얼라 내 새끼들을 여기서 포기할 수는 없다. 어느 출판사에서는 돈을 자서전이나 에세이 전집, 시집 같은 것도 돈을 받고 책을 만들어 주는 곳도 있다고 했는데 내 평생의 한이 풀린다면 출판비용이 5백만 원에서 7백만 원이 되어도 꼭 출판을 해보고 싶다. 나는 직장에 다니는 큰딸이 퇴근할 때쯤 전화를 해야지 하고 생각을 하였다. 나는 어릴 때부터 나보다 남을 먼저 생각하는 습관으로 혹시 아비의 전화가 딸이 다니는 직장에 피해가 되지 않을까 하는 소심한 성격이다. 그래서 지금쯤 퇴근하려고 준비를 하고 있겠지 하는 영상의 테레파니를 큰딸 사무실을 형상하며 지금쯤 화장실이나 사무실 뒤쪽에서 대충 화장을 다독이겠지. 이제 책상에 와서 퇴근 때 정리가 되었는가 둘러보겠지. 이럴 때 전화를 하자.

이렇게 착하게 사회에서 살아가는 사람들은 꼭 가난하게 살아야만 하남요~잉.

허기사 형님 말씀이 이 세상에서 착하게 살아간다는 사람들은 세상살이를 인생살이를 가장 쉽게 살아가는 의지가 강하지 못한 사람들이기 때문에 못하는 것이다. 누가 착하게 살고 싶지 않는 사람이 있겠는가. 남들에게 내가 손해 보고 남이 잘되게 기분좋게 해주면 착한 사람을 싫어할 사람들이 어디에 있는가. 내 가족을 위하고 내 아이들에게 한푼이라도 더 쓰려고 남에게는 아웅다웅 언성을 높이고 착하다는 이미지는 꺼내지도 말아야 하는 심정으로 돈을 벌어야 돈도 따르고 집안의 궂은일에도 돈을 내놓아야 그래도 위엄이 있고 어른으로서 세상살이를 할 도리를 하며 살아가는 것이 인생이지. 너같이 혼자 착하고 혼자 고고한 척하고 사람들하고 얼렁뚱땅 어울리지 못하면서 무슨 인생이 어떻고 깨달음이 개코나 깨달음이냐고 하시던 형님 말씀이 예전에는 그리도 야속하고 서운했었는데 지금은 지당하고 교육적 차원에서 하신 말씀인 줄 알면서도 나는 왜 별난 개코같은 인생으로 태어났는지 조금 전에 형님 말씀에 너는 인생을 논하지 말라고 하셨건만 요 조댕이가 또 방정오도방정이었네요. 나는 딸에게 서울시와 경기도에 있는 출판사 이름과 전화번호를 한 20군데 적어서 문자로 보내달라고 부탁을 했고 이틀 뒤에 열댓 곳을 적어 문자로 보내왔다. 에고 그래도 딸자식 대학까지 보낸 보람이 있고 뭐니뭐니 해도 직계가족에게 부탁하는 것이 가장 마음이 편안하구나. 그렇구만요~잉!

소야! 꼭 만나자

10월 26일 목요일

10월 26일 밤 TV 방영이다.

시골에 소와 꼬장꼬장한 노인이 농사일을 소와 함께 인생을 생사고락을 함께하며 소에 정이 들고 힘들어하는 소를 안타까운 마음으로 늙어가며 삶의 고달픔도 서로 위로하고 위로받으며 살아가는 시골 늙은 농부의 삶이다.

오늘은 좀 멀리 떨어진 밭에서 힘들게 밭을 갈고 쉬는 시간이다. 나무그늘 아래에서 노인은 쉬고 있었고 소는 막간을 이용해서 싱그러운 풀이라도 뜯어 먹으려고 소의 입마개를 풀고 고삐를 놓아주었다.

소는 노인과 좀 멀리 떨어진 곳에서 풀을 뜯다가 고삐줄이 소의 발가락에 끼었고 소는 혼자 날뛸수록 코에 줄이 당기면서 피가 나며 소리 지르는 모습이 안타깝다.

멀리서 소의 비운 소리에 놀란 노인은 달려갔고 소의 등치에 나부닥데는 소의 고삐를 위험천만하지만 오직 소를 살리겠다고 간신히 줄을 풀었다. 얼떨결에 당황한 소도 노인도 기진해져서 축 늘어졌다.

꼬장 노인이 기력을 차리고 아직 화가 안 풀렸는지 소의 줄을 끌고 가서 나뭇가지에 목을 매달고 죽일 듯이 줄을 잡아당긴다.

소의 울음소리, 소의 몸부림치는 저 모습 소가 더 이상 생명을 포기하고 울음도 못 울고 발버둥치는 힘도 포기한 듯 저승의 문턱에서 생을 포기하며 눈물이 맺히고 죽음으로 눈을 까집고 끝을 알릴 때 아~꼬장 노인아 제발 그만해 하며 나는 눈시울에 울고 있었다.

내 육신의 죽음 앞에 내 영혼들은 눈이 오는 겨울에 하얀 나비가 되어 흰 눈빨 속으로 날아가고 있고 "내 영혼들아." 어디를 어느 곳으로 가느냐고 물어보아서 안 되겠지 내 육신은 수술대 위에서 죽음 앞에 사투를 벌이고 있는 내 모습이 떠올라서 한없이 눈물이 솟는다.

아~ 소의 표정, 그 큰 덩치가 발버둥을 치다가 생을 포기하는 눈시울에 그만 무명 시인은 또 울면서 이 글을 쓴다.

그때 꼬장 노인은 소 코줄을 나무에서 풀어주며 이놈아! 그러다가 너가 죽으면 나는 어떡하라고 이놈아 하며 눈물을 닦는 꼬장 노인을 보며 아~ 나는 또 한번 소름이 끼친다. 아~ 신이시여 이것이 진정 예술입니까. 소야! 내 문학이 베스트셀러가 되고 여유가 나에게 있으면 방송국에 부탁해서라도 너를 꼭 찾아올게 소야! 우리 그때 만나서 눈시울에 이슬이 맺히며 애틋이 사랑하자 소야! 꼭 만나지길 신에게 기도한다.

동궁의 꿈

파도가 밀려오고 태풍도 밀려와서 맷 바위에 부딪치고

푸른 파도들은 아픔에 하얀 물망울의 동궁의 꿈에 몸을 떤다

바다는 인간의 삶과 똑같다

끝없이 먼 여정의 길 수평선에서 밀려오는 파고속에

나는 한 망울의 하얀 물망울이 되어 동궁의 꿈속에서 꿈을 꾸며

꿈이 깨어지면 한갓 죽음일 텐데

어이 꿈이 야속타 할 것이 무어에 있으리오 생이 허망타 말하리오

바다에 하얀 파도가 없다면 무어에 바다가 아름답다 할 것이요

한갓 물방울이 깨어져 죽음이라고 해도

인생은 바다같이 하얀 물망울이 되어 동궁의 꿈을 꾸어야 한다오

10월의 마지막 밤

10월 31일 화요일

10월의 마지막 밤이다. 노래에도 있어서 그런지 10월의 마지막 밤은 쓸쓸한 만추가 비바람에 휘날리는 단풍 낙엽들이 아름다운 밤이다.

2016년 11월에 내가 죽음의 길 골로 가는 줄도 모른 채 나의 레슨 학생 영숙 씨가 10월의 마지막 밤에 밤 9시쯤 나와 내 아내를 자가용으로 태워 남산 해오름극장 앞에 차를 세우고 남산길을 올랐다.

아침과 오후에 비 오고 바람 불고 해서 만추의 가을이 휘~날려 떨어지고 발아래엔 비에 젖은 단풍 낙엽들이 쓸쓸하게 아름답다. 11월에 죽음이 예약된 줄도 모르고, 내 평생 10월의 마지막 날이 되면 나와 내 아내는 영숙 씨에게 고마움을 느낄 것이다. 2017년 10월의 마지막 날은 아직 나의 문학은 출판을 못 하고 서울에 있는 모든 출판사에서는 거절당하고 전화할 가치도 없는지 문전박대당하고 친절한 서교동 마음의 숲 출판사에서는 요즘 시집과 에세이는 팔리지도 않기 때문에 아예 출판을 하지 않는다고 했다. 한번만 만나서 대화를 해보자는 애절한 부탁에도 찾아오지 말라며 전화를 끊었다. 나는 참 무안하기도 하고 겸연쩍기도 하고 쓸쓸하기도 했다.

오늘도 엊그저께 예약해놓은 난생처음으로 아내와 동백 여행사의 관광버스를 타고 당일로 내장산 단풍놀이를 가는 날이다.

새벽 5시에 일어나서 준비를 하고 처음 가보는 여행이라서 목적지에서 돈을 아끼려고 집에서 새벽밥 든든히 먹고 냉동고에 떡 있는 것 댓 개 싸고 물도 한 병 넣고 무거운 배낭을 메고 아침 6시 30분 차 출발점으로 향했다. 새벽 TV 뉴스에 금년 가을 북쪽에서 고기압이 밀려 내려와서 가~장 추운 가을에 바람까지 강하다고 하니까 아내는 궁시렁거린다.

난생 처음 부부가 동백 여행가는 버스를 타고 우리나라에서 가~장 단풍이 아름답다는 얘기 단풍으로 예쁘다는 내장산에 한번 가본다는데 날씨가 왜 심통을 부리고 지랄 같은 날씨냐며 그래도 좋은지 서두르며 마음이 들뜬다. 차는 서울 도심을 빠져나가는 데만 1시간이 소요되고 8시 30분쯤 가이드 아줌마가 각자 물 한 병씩을 주니 우리는 물만 3병이다.

곧바로 아침도 공짜로 준단다. 앞에 앉은 여행객 아줌마 한 분이 거들어주며 착착 뒤로 전달 지그재그 식으로 전달하는 것은 나는 군대 있을 때 해보고는 처음이라 그리고 여행객이 대부분 아줌마분들이라 아내에게 미안하지만 재미있다. 먼저 반찬이 전달되고 다음 밥이 전달될 때 나는 또 신바람이 나서 전달전달 하는데 앞에 전달하는 아줌마가 나에게 촐랑거리지 말고 가만히 있으라는 뜻으로 무안을 준다. 뒤로 전달도 규칙과 규격이 있으니 이번에는 나의 지그재그 아니니 가만히 좀 있어란다. 하기사 처음이라 뭘 알아야 면장을 하지. 내 딴에는 솔선수범해서 열심히 한다고 했는데 낄 때 안 낄 때 끼어드는 또 낄낄빠빠가 되었다.

아내가 팔꿈치로 꾹 찍으며 타박을 준다. 그나저나 밥도 팥을 넣었는지 맛이 있고 반찬도 내가 좋아하는 코다리 찜도 있고 너무 맛이 있는데 집에서 돈 아낄려고 배터지게 먹고 왔으니 뭔 일이 또 꼬이는지 내 인생이 참 묘스럽다.

식사를 마치고 조금 더 가다가 가이드가 11시 30분에 내장산 입구에서 점심식사를 식당에서 단체로 해야 산으로 올라가면 저녁에 내려온다며 산채 비빔밥이 개인은 만 원씩인데 단체라서 9,000원씩 하는데 맛이 있다며 돈을 미리 내란다. 아니 배 터져 죽겠는데 뭔 또 식사야, 단체이니 안할 수도 없고 가이드에게 우리는 배도 부르고 떡도 많이 싸왔으니 한 사람 것만 하면 안 되겠느냐고 주접을 떨으니 가이드는 그렇게 하라며 인상도 쓰지 않는다.

돈 9,000원을 가지고 쪼잔하게 노는 내가 사나이 대장부가 맞는지 모르겠다. 식사를 마치고 내장산 입구로 가니 가이드가 있고 매표소 남자 직원이 노인은 공짜이니 주민등록증이나 신분증을 보이고 통과하란다. 세상 참 노인복지가 많이 좋아졌구나. 기분이 좋았는데 주민등록증을 둘 다 안 가져 왔으니 어찌하노 공익 근무자분들이 깐깐하지가 않고 착한 사람들인지 매일 하는 일이라서 그런지 까닥 부리지 않고 나는 지하철 경로우대권을 보이고 통과되는데 아내는 미인이라서 그런지 젊어 보인다며 아직은 경로가 아닌 것 같다며 말을 건다. 공익 근무자는 큰 인심이나 쓰는 척 오늘은 통과시킬 테니 다음엔 신분증을 갖고 다니란다. 내 아내는 젊다는 말에 나에게 젊어 보이느냐며 신바람이 났다. 여자분들이란 무조건 젊어 보인다, 참 예쁜 얼굴이다 칭찬을 해주면 진짜인줄 알고 뽕~간다. 어찌 그랴.

뽕~간 아내의 마음을 단풍놀이까지 왔는데 더 뽕~가게 해줄려고 "좋겠다, 젊은 미인이라 내장산이 훤하네. 젊은 꽃미남이 뽕 가겠는데 늙은 나는 저만치 앞에 갈 테니 혹시 쓸개 빠진 놈이 차 한잔 하자고 꼬드기면 은근슬쩍 넘어가보렴." 하고 저 앞에 멀리 뛰어갔다. 아내도 뛰어와서 나를 잡는 꼴무새가 진짜로 젊은이들이 우리 부부를 보면 아니꼬움에 노인네들이 나 잡아봐라 하는 꼴새가 육갑을 떨고 있는 모습으로 보겠지. 아내는 내 쑈에 넘어가서 그래도 헛말이라도 젊어 보인다, 미인이다 하는 소리를 들으면 여자분들은 엔돌핀이 생기는가 보다.

내장산의 단풍잎은 애기단풍이라서 밤하늘의 은하계의 잔별들처럼 촘촘하다. 붉게 빨갛게 아직 파란 애기단풍이 계곡 옆에도 온통 천지가 단풍이다. 내장산 중턱에 오르니 살아서 천 년 죽어서 천 년을 간다는 나무(구상목)가 내 평생 이렇게 큰 나무 두 그루가 외롭지 않게 있는 것은 처음 본다. 여기에는 나무의 이름이 (비자나무)로 명찰이 되어있다. 이 나무만 보면 설악산의 풍경에 빠지면 죽어서도 천년의 세월을 맞으며 간다는 나무에 나는 기도를 올리며 영혼을 이야기하는데 설악산은 아직 내 평생 한번도 가보지 못하였기에 구상목인지 비자나무인지 울릉도 향나무도 살아서 천년 죽어서 천년을 향냄새가 난다고 했으니 사람의 생명도 죽음 후의 영혼도 소중히 세상에 신비를 주는 내가 되어야 할 텐데.

아내와 나는 구상목 나뭇가지에 의지해서 포토존 사진 한 장을 찍었다. 내장산의 애기단풍잎은 내 마음을 편안하게 해주고 이름 모를 산 새소리 길옆의 잡초 가을꽃이 산뜻이 신비롭게 나를 맞이해 주는 것이 좋은 거라. 국내 여행도 1박2일은 되어야 여행의 느낌을 주는 것 같더라. 아내도 내년에는 1박2일로 또 한번 오자고 했다.

11월 1일 수요일

이 육신이 죽음에서 생으로 눈이 오는 하얀 겨울의 눈발 속으로 떠나려는 내 영혼들을 죽음의 설산을 넘어 아침의 햇살을 받으며 저승의 전령인 노란 나비 한 마리가 팔랑팔랑 초원의 초봄의 꽃 위로 날아와서 떠나려는 나의 영혼 하얀 나비들을 꼬드기고 달래며 가을이 오면 무덤이 있고 억쇠머리가 흔들거리는 들녘 위로 하얀 나비 노랑나비 팔랑팔랑 춤을 추며 이 땅에 예술의 한을 풀어보자던 내 영혼을 『통일의 대박꽃』(시혼과 투병일기)은 아직 출판사의 입구에도 못 가보았다. 일주일 전에 이대 목동병원에서 체혈검사, 위내시경, 검사 폐 검사를 받은 것을 오늘은 김태현 교수님께 결과 설명을 들으려 가는 날이다. 오전에 큰딸이 적어준 출판사 중에 서울은 마지막으로 북랩 출판사로 전화를 걸었다.

내 인생에 포기란? 신이 운명으로 못 하게 할 때까지는 나는 나의 길을 간다. "북랩 출판사지요" 안내는 편집부 담당자를 바꾸어 준다. 저에게 「통일의 대박꽃」과 시와 에세이 글로 책 한 권을 만들고 싶거든요. 한번 찾아 뵙고 싶은데 위치를 좀, 북랩 출판사에서도 똑같은 답변이 왔다. 본부장님은 아직 출근도 안 하셨지만 예약이 되어있지 않은 사람은 만나주지도 않으며 회원에 가입된 분도 컴퓨터로나 원고를 사본으로 우편으로 보내주면 편집부에서 검토한 후 연락 예약한단다. 그러고는 전화를 끊으려 한다. 아~세상사가 어중이 떠중이들이 얼마나 많으면 그러하겠느냐만 사실 나도 떠중이인걸요. 안 그런감요~잉!

나는 다급히, 물론 출판사의 원칙은 있겠지만, 간혹 그 원칙을 깨고 우연의 일치에서 책이 베스트셀러도 될 수 있잖아요. 나도 지금 바빠요. 3년 안에 한민족이 신의 이름으로 삼천 리 금수강산에 진달래꽃이 필 무렵 꼭 통일을 해야 하거든요. 꼭 한번만 찾아갈께요. 이 말에 출판사 직원은 머뭇하더니만 그래도 안 될 텐데 하는 여운을 남기며 정히 그러시다면 오늘은 본부장님이 오후에 올라오시니 선생님의 말씀을 전해 드리겠단다. 오후 2시에 이대 목동병원 소아기내과 김태현 교수님은 아직 완쾌는 아니지만 다른 이상의 징조는 보이지 않으니 조제약 꼭 드시고 운동을 많이 하란다. 내 육체는 조금씩 나아가고 있는데 내 예술의 영혼은 무지의 육신에 들어와서 절망뿐이니 한 많은 세상이 그래도 희망 노벨 문학상이 있고 개꿈이라도 있으니 멍멍 짖는 것 아님감요~. 암만!~ 응애!

오후 4시에 북랩 출판사 본부장님에게서 전화가 왔다. 선생님의 원고지를 복사해서 내일 오전 11시에 예약이 되었다고 안내에게 말하고 금천구 가산디지털 역사 내 B동에 있으니 찾아오란다. 와~ 드디어 한 건 올렸다. 노인과 바다 강이 큰 물고기가 드디어 물었다. 잘되어야 할 텐데 신이시여 도와 주소서 신의 ◇ 빛이 내일은 가산디지털 북랩 출판사에 내리소서. 얼레 꼴라리 얼레 꼴라리 바보 멍청이가 『통일의 대박꽃』(시혼과 투병일기)을 책으로 낸대요. 나는 닐리리 장단에 춤을 추는 마음으로 여자 본부장님이 나에게 헛말이라도 작가 선생님의 원고지를 복사해서 가져오라는 그 말씀이 그렇게 듣기가 좋아 동네방네 소문 내고 싶어도 나의 행동 제1조 1항 침묵은 금이다, 요것이 나의 조댕이를 살짝 NO! 하며 가로막네요~. 잉! 아이 좋아라~잉잉!

11월 2일 목요일

당산동에 있는 나는 지하철 2호선을 타고 대림역에서 7호선을 갈아타면 금방 갈 수 있는 지리다. 나의 문학의 글이 아직 내 아내 내 아이들까지도 한 장도 읽어 보이지 않은 처녀작품인데 좋은 사람 만나서 인연이 되어 사랑의 꽃을 피워야 할 텐데 오직 신의 말씀과 도움뿐이리라.

두근새근거리는 마음으로 출판사의 문 앞에서 벨을 눌렀다. 모두들 출근은 했을 텐 데 무슨 보안 시스템 장치같이 문이 잠겨있고 열어주지도 않고 누구냐 어떻게 해서 왔느냐고 사람을 기를 팍 죽인다. 하기사 상가건물이라서 시장잡상인들이 들어와서 구걸을 하면 돈 500원짜리 동전을 주면 시비를 걸고 싸움질 하려고 바쁜 사람을 호구로 보는 구걸자가 많다. 나참 동냥을 하려 온 구걸자에게 적선을 한다고 500원을 주었는데 시비를 걸고 요즘 500원짜리는 길거리에 떨어져 있어도 개도 안 주워 간다며 사람을 거지취급 하느냐고 따지면 심장 약한 나는 하늘이 노랬다. 하는 수 없이 천 원을 주면 더러워도 받아간다는 식으로 고개 숙여 고맙다는 인사는 아~옛말이여라~잉!

갑자기 나는 출판사 문앞에서 기다리며 배고픔에 우는 내 새끼 문학을 등허리에 업고 젖동냥을 가는 심 봉사가 떠올라서 초라해졌다.

안내자가 11시에 본부장님과 예약이 된 사람임을 확인한 후 잠겼던 문이 열렸다. 내 평생 처음으로 요쪽으로는 사무실 각 부서가 있고 저쪽으로는 출판의 기계가 방적 기계같이 철커득 철커득 돌아가고 직원들이 분주하게 움직이고 내가 앉은 테이블 옆에는 북랩 출판사에서 출판한 책들이 진열되듯 놓여있는 모습에 속으로 이번에는 제대로 찾아온 것이다. 여기서는 내 자비의 출판이라도 꼭 하겠다는 마음을 다졌다.

잠시 후 본부장님이 나오셨고 대화를 했고 나를 선생님의 존칭을 써주는 것이 상술법인지 예의인지는 내 아내에게 물어보면 뻔한 답이 나오겠지만 오늘 여기 오는 것도 모르니 여하튼 작가의 대접을 해주니 기분은 참 좋더이다. 나는 창피하지만 복사한 A4용지 무더기를 내주고 본부장님은 검토 후 연락을 드리겠다고 했다. 출판사 문을 나와 지하철역으로 가면서 처음으로 내 문학 얼라들이 나의 품을 떠나서 남의 집에서 첫 밤을 지새우며 남에게 읽힐 것을 생각하니 읽는 사람이 애틋히 감정에 사로잡혀야 할 텐데 의료계의 왕 MRI 기계가 나의 뇌를 못 이겨서 결국 에러를 내면서 뒷곰배의 장용득 뇌는 도저희 MRI가 IQ가 못 따라가서 에라 나도 모르겠다. 두두두두두 에라 나도 모르겠다 하며 새벽 4시경에 고장이 났는 거와 사지가 짓이겨진 사마귀 벌레 시체 무덤을 만들어 고척동 뚝방 9부 능선에 석양이 잘 드는 곳에 무덤을 만들고 무덤 앞에 하얀 감창풀꽃과 햅뜨게꽃을 꺽어 무덤 앞에 놓아주고 묵념 3배 올리며 좋은 곳 가라고 명복을 빌고 돌아오는 나의 문학의 글 이 정도면 노벨 문학상감은 되겠지 하며 입가에 미소를 띠며 지하철을 타고 집으로 돌아왔다.

11월 3일 금요일

오늘부터 청계천에 화려한 빛의 축제를 휘황찬란하게 밤에 한단다. 청계천 다리 하나에 개개인의 바람을 적어 땅바닥에 진열해 놓고 지나가는 모든 사람들이 읽어보게 한단다. 나는 또 또라이 끼가 마음에 발동한다.

> ☆ 한민족은 2018년 통일의 씨앗을 심고
> 2021년 3년 후 초봄에 통일의 꽃을 피우자
> 우리 모두 자아를 깨달아서 원수를 사랑하는 마음으로 삼천 리 금수강산을 통일과 세계평화의 길로 가자

이렇게 글을 쓰고 코팅을 해서 청계천 빛의 축제 땅바닥에 붙여서 사람들에게 읽어보게 한다면 혹시 내 책이 출판이 되면 이 글과 연관이 되어 베스트셀러가 되지 않을까 생각을 해보지만 오늘은 도저히 아내 몰래 할 수가 없을 것 같았다. 오늘의 스케치는 아내와 강아지와 남산에 올라갔다가 내려오는 길에 청계천에 들러서 불빛의 축제를 구경하고 오는 것으로 정하였다.

낮에 남산을 올라가 보기는 50년 만에 처음이다. 남산의 소나무 숲이 도심에 매연에 시달리는 서민들에게 산소 공급을 하느라고 애를 쓰고 있음이 고맙기도 하고 비바람 속에서도 아직 떨어지지 않고 나를 맞이해주는 단풍 낙엽들이 삶의 삭막함에 지친 나그네들에게 마음의 아름다운 안식을 준다. 내 아내도 서울에 살면서 남산이 도심 한복판에 이렇게 좋고 단풍든 만추의 가을을 느끼게 해줄 줄 너무나 소중한 것을

너무나 모르고 삶에만 쪼들리면서 살아왔다고 죽음에서 당신이 살아서 왔기에 이런 구경도 하고 참 좋다고 나의 손을 잡는다 사람들아! 나를 보아라 평생을 일요일 한 번 없이 쪼들리게 살아온 내 인생 지금도 쪼들림에 살아가는 병신 축구 바보 같은 내 인생이 『통일의 대박꽃』 나의 책에도 적혀있지만 아내의 말마따나 당신 인생살이가 *거지 병신 잡** 같은 인생을 다 살아온 사람이라고 하듯이 그러든 아내가 내 손을 잡고 고맙다고 가을 남산 길을 올라가는 나의 꼴 좀 "누가 봐주이쇼 예,,~잉! 메~롱! 웅예예요!~잉!"

이러든 가을이든 나의 뇌리엔 온통 나의 문학 얼라들이 간밤에 남에게 읽혔을 텐데 사랑이나 받았을랑가. 내 가슴속에 묻혀있던 종이학들이 북랩 출판사에서 예쁘게 다듬어서 세상에 훨훨 날아서 삼천 리 금수강산에 통일과 세계평화로의 꿈이 노벨 문학상까지 오르면 내 가족들 고생했으니 쬐금씩 주고 나는 러시아의 철학자 겸 작가 톨스토이처럼 거지꼴로 참되게 죽어가야지. 이 생각을 하니 내가 왜 이렇게 쓸쓸하게 아름답지 눈시울에 눈물이 찔끔 고인 것이 이슬처럼 아침 햇살에 아름답다.

남산 정상에 올라서 앞을 보니 가장 먼저 들어오는 것이 청와대이다. 청기와 집으로 하얀 테두리로 마감한 한옥집이 아름답다. 이 나라 대통령님이 저곳에서 열심히 나라를 위해 혼신의 정성과 노력으로 국가와 민족을 위해서 일하는데 왜 역대 대통령님 모두가 비운의 죽음과 임기가 끝나면 모두 재판을 받고 죄인으로 감방에 처넣어지는 것이 이 민족에 큰 불행이 아닐 수 없다. 미국의 초대 대통령 조지 워싱턴 님같이 세상을 읽고 진실과 진리가 무엇인지 진정 깨달은 분이 대통령을 했다면 그다음 모두가 그래도 훌륭한 정치를 해서 민주주의의 소중함이 평등하게 공정함에 당당한 사람 국가가 되었을 텐데. 대한민국의 불행한 초대 대통령 이승만님은 자기욕심의 정치 국민을 위하여 국민이 따르고 존중하는 법을 만들어야 하는데 대통령 자기를 위한 법을 만들고 세상의 진리의 순리가 마음에 눈에 보이지 않는 독재자이기 때문이다. 이승만 자유당 깡패독재, 박정희 삼선 개헌, 군부의 독재 전두환, 군부의 독재 노태우 대통령님부터 자유민주주의를 갈망하는 서민들은 간신히 숨을 좀 쉴 수가 있었던 것이다. 그 후 김영삼, 김대중, 노무현, 이명박, 박근혜 대통령님 가문에 영광은 없고 본인 아니면 아들이 죄인으로 감방에 들어가서 지옥의 죗값으로 옥고를 치러야 하는 것은 이 나라의 비운이다.

만약에 어느 유언비어가 청와대의 풍수지리가 안 좋아서 그렇다고 한다면 물론 군자는 운명을 피해가려고 하지 않고 운명에 도전해서 이기는 것이기 때문에 껄렁한 신은 범접도 못 하지만 애초에 처음에 청와대를 지을 때 남산 정상에 올라와서 그곳을 풍수지리로 보았다면 그곳은 북한산 가장 높은 3개의 봉우리 중 가운데 봉우리 연꽃 모양의 맥 정기를 타고 내려오며 북악산의 봉황의 날개를 편 아들이고 청와대의 위치가 좌청룡 우백호의 좌청룡 품 안에 있어야 하는데 현재 큰 빌딩을 짓고 있는 그쪽이면 석양의 노을도 빛이고 서울 전체를 품 안에 안는 자리일 텐데 현재 청와대의 위치는 우백호 날개 뒤쪽에 위치하고 있으니 봉황이 날개짓을 하면 청와대는 털려 떨어져 나가는 위치에 있다. 아뿔싸! 이 모두가 내 운명이고 풍수풍자도 모르는 요쫀지리의 생각이니께 신경들 꺼들라고요~잉!

아내 말마따나 네 주제나 알아라. 네가 뭘 안다고 함부로 조댕이를 놀려대샷! 인생에 가~장 중요한 돈 한 푼 없는 주제 팔자에 남산까지 올라왔으니 배도 고프고 밥이나 사준다며 나의 귓때기를 끌고 제일면밀집 돈까스나 오랜만에 싸준단다. 나는 끌려가며 아~니 아~니 아직 할말이 쬐금 더 남았으께 이대로 가면 큰일난다고 하니 아내는 뭘 또 헛튼 소리를 하려고 그러느냐며 쬐금 숨을 쉴 공간을 준다. 내가 이 나라의 역대 대통령님을 잘못한 것만 말하고 그대로 밥 싸준다니 좋아서 쫄랑쫄랑 따라가버리면 이 민족의 혼이 씁하다 하겠지라우~잉!

이승만 대통령님 등 역대 모든 대통령님의 잘한 일을 찰영해 보십시요. 만약 내가 요 쫀지리가 법대를 나와서 그분들의 변호사를 맡았다면 그분들의 잘한 일을 나열하고 잘못한 일은 그 당시 그 시대에 상황에서 대를 위하여 소를 희생시켜야 할 수밖에 없는 상황을 설명하고 보통사람이 50%이면 잘한 일과 잘못한 일을 비례해서 정상 참작이 있는 것이고 실수로 잘못한 일이 있으면 모든 것은 내 탓이요, 당당히 벌하세요. 대통령 가문이 어떤 가문인데 요 쫀지리에게 역대 대통령의 명예를 준다면 내 사지를 찢어죽여도 나는 영광일 것입니다. "요건, 내 생각이고요~잉!"

주말이 아니라서 식당이 한가해서 우리집 강아지 써니를 가방에 넣어 끝쪽 구석으로 갔고 돈까스 2인분을 돈이 아깝지만 오금 쩔이며 시켰습니다. 창문 멀리 관악산이 보이고 좌측에는 청계산이 있고 앞 가운데 우면산이 있고 한강 물줄기가 흘러가는 것이 아~하! 그래서 강남이 터가 좋아 부동산 집 값이 청정부지로 뛰어오르는구나. 옛날에는 호박 똥밭이었는데 나의 뇌리엔 나의 문학이 북랩 출판사에서 거절당하면 그다음 또 어떻게 해야 하는지 심장 떨리는 일이다.

남산의 정상 아무도 없으면 한없이 울어버리고 싶은 심정이다. 찔끔 눈물이 고였지만 아내가 보지 못하게 억지로 딴청을 부렸다. 아내도 오랜만에 돈까스를 먹으니 왜 이리 맛이 있느냐며 메밀 우동도 함께 나오니 돈이 있으면 외식도 참 즐거움을 주는 것 같다. 강아지에게도 살코기만 찢어서 누가 보지 않게 주니 우리 세 식구가 2만 6천 원으로 즐겁고 배 터지게 먹었다. 해 질 녘 무렵 남산을 내려오는 길에 버스가 있어서 타고 내려오고 싶어도 버스비용도 아껴야 하기에 걸어서 옆길 숲속 오솔길로 내려오니 계단이 좀 많은 것이 흠이지만 차들이 다니지 않으니 자연의 숲속 단풍이 길을 덮고 우거진 길로 내려오니 너무 좋아서 버스를 타지 않은 것이 참 다행이다. 요로코롬 좋은 숲을 어디서 본데요. 암! 어림없지! ~잉!

숲길 2/3 내려왔을 때 북랩 출판사에서 문자 메시지가 왔다.

장용득 선생님의 『통일의 대박꽃』(시혼과 투병일기)을 책으로 출판할 의사가 있으니 내일은 토요일, 모래는 일요일이라서 월요일 오후 2시에 북랩 출판사 본부장실로 오라는 문자이다.

아~신이시여 감사합니더. 하나님 아버지, 부처님 이것이 운명의 장난이다라고 하는 겁니까?

시몽! 너는 좋으냐 낙엽 밟는 이 발자국 소리가! 뭔 소리여! 시방!

여기는 우주 지구촌 남산 만추의 가을 단풍 낙엽들이 비바람에 떨어져 꽃밭을 이루고 영변에 약산 진달래꽃 아름 따다 길 위게 깔아드릴테니 사뿐히 즈려밟고 가시옵소예, 땡큐! ~오마이갓! 헬로우~잉! 쏘~리예용!

내 문학이 북랩 출판사에 들어갔다

11월 6일 월요일

북랩 출판사에서 오후 2시에 『통일의 대박꽃』(시혼과 투병일기)의 책을 300페이지 분량으로 3개월 안에 출판되어 책이 나올 것이란다. 나는 그 자리에서 계약이 끝나고 계약 서류를 가슴에 안고 돌아오고 있었다.

내 문학이 세상에 알려지면 분명 베스트셀러가 될 것에 마냥 꿈에 부풀어 있었다. 얼마나 애가 탔던가. 나 같은 무능자에겐 출판의 책으로는 어림 반푼 꿈도 꾸지 말았어야 할 것을 나도 잘 알고 있다. 작년까지도 글 속에 정부를 조금이라도 비방하거나 문단에 등록 안 된 자가 시인인 척하거나 특히 북한을 두둔하는 글이면 남산 지하실 중앙 정보국에 끌려가서 반죽음의 병신이 되어야 나오는 이 나라의 반독재였건만 나의 시대가 열리려고 자유민주주의의 촛불이 바람에 꺼지지 않고 이 민족이 통일과 세계평화의 씨앗이 움트는 세상이다. 한 차원 민주주의를 올려주신 문재인 대통령님에게도 감사의 기도를 드린다.

나의 꿈 종이학아, 세상을 날아라 무지의 육신에 들어온 내 영혼을 이제야도 좋아. 다음 가을이 오면 산들에 무덤이 있고 억쇠풀 하얀 머리도 바람에 흔들리는 저녁때쯤 저녁 노을 받으며 하얀 나비 노랑 나비 내 영혼들아 팔랑팔랑 춤을 추며 지구촌 위로 날아보자. 신이시여! 감사합니다!

11월 10일 금요일

기어히! 내 문학이 출판사에 들어갔다. 내 책이 나오고 베스트셀러가 되면 또나 개나 다 얼굴 내미는 귀하디귀한 방송도 한번 탈 수가 있을지 모르는 일이 아닌가.

아내 말마따나 대중성도 없고 말도 조리 있게 못 하고 조금 감정을 주면 눈물이나 찔찔거리는 내가 요즘 어린아이만도 못하는 어른이, 아서라! 안카나! 혹시, 누군들 알리까? 이 세상의 깨달음이 탑같이 이승에서 아래의 지옥 속에서 죄인의 아픔보다 더한 고통으로 똥 치다꺼리도 수발하는 사람이 저승에서는 악들이 거름이 되어 성좌의 꽃을 피워주는 우주 영혼의 원리를 5차원의 쬐금 깨어나서 사람들이 나를 알아봐줄 때가 올지 중생들이 어찌 알리요. 시인의 눈물은 이 땅의 영롱한 신이 내리는 이슬이요 아침의 태양이 떠오르면 찬연히 빛나며 풀잎에 생명을 주는 것임을 너거들이 알 리가 없지 그래서 오늘은 눈썹 문신을 하려 신촌에 간다. TV에 나갈지도 모르는 일, 미리 얼굴 모찌방에 점과 잡티도 좀 빼고 보톡스도 맞고 싶은데 그놈의 돈 땜시 눈썹만 하기로 했다. 나이 들면 남자들도 얼굴이 남에게 추하게 보이지 않으려고 하는 행동은 종교계에서 신의 이름으로 부모가 준 자연 그대로라야 한다지만 나는 그렇지 않다. 진화론의 발전 속에 지식인들이 깊이 있게 연구해서 법을 잘 만들고 공생공존의 원칙을 잘 활용해서 신비로움의 지구촌을 잘 보존하라고 신이 인간 사람에게 만물의 영장이란 완장을 준 것인데 사람들이 잘해야지 안 거런감요~잉!

눈썹에 문신을 해서 그런지 오후 저녁에는 오한 한기가 들고 한밤을 숨을 못 쉬게 떨려서 고통을 참았다.

11월 12일 일요일

TV에서 21세기 5대 성인 탄생에 대하여 나에게 질문을 한다면?

먼저 1992년도에 자칭 깨달은 자로 신촌 연세대 앞 굴다리 밑에서, 동숭동 마로니에 공원 앞에 홍대 앞에 거적때기를 깔고 앉았던 것을 초기의 경험으로 내세운다. 현재는

1. 석가모니님의 부처와 법경과 반야심경 밀타의 깨달음을 동등하게 나도 깨달았고 설명할 수 있고 질문에도 진리의 답을 92점을 받을 수 있을 것이다.
2. 예수님의 하나님과 성경 그 외 진리에 하나님의 아들임을 설명할 수 있고 질문에 답할 수 있다.
3. 공자님의 도리와 지혜, 천심의 뜻도 나는 이하 동등 그러하다.
4. 소크라테스님의 악처, 악법, 악운으로 젊은 영혼을 꼬드긴 죄로 사약을 감사히 받는 깨달음과 이 지구촌에 사람다운 사람을 찾아 밝은 광명천지에 어둠에서 사람들이 보이지 않아서 램프등을 들고 헤매는 것도 나는 모두 깨달았고 설명할 수 있고 질문에 답할 수가 있다.

*해서 여기까지는 내가 5대 성인 탄생이라고 자칭하지만, 뒷페이지에 2018년 무술년 황금 개띠의 해에 하늘은 내려와서 축제의 불빛 놀이를 하는데 지구촌은 악운의 천재지변 속에 모든 종교계에 진리가 무너지고 종교를 빙자한 가짜들이 판을 치는 지구촌에 죽음에서 벼 씨앗 하나 깨어나서 문학으로 하얀 눈밭에 흰 꿩 한 마리가 나타난 행운의 삼천 리 금수강산 흰 민족에 동방의 아침 나라 영롱한 이슬이 맺힌 풀잎에 신의 ✧ 순수의 빛으로 3대 성좌가 탄생함을 민족의 통일과 세계평화의 신이 준 ✧ 빛을 들고 태어났음을 선포한다.

차마고도 순례의 길을 보고

11월 19일 일요일

TV에서 차마고도의 순례길을 보면서! 나의 생각!

티베트에서 라싸까지 189일 동안 고난의 고통과 고행으로 깨달음을 얻으려고 혹독한 시련과 자기를 죽여 썩어서 거름이 되어 이 세상에 신비한 꽃 한 송이를 피우려고 인내를 끌고 죽음의 길을 자처하는 사람들을 보며 불교의 성좌 앞으로 다가가기 위하여 3보의 인고 속에 세상의 시련을 이기고 물이면 물 진흙이면 진흙 얼음 개울가 눈 자갈길이면 그 지옥도 감사하게 죽음에 섞어 이 땅에 최하로 탑에 맨 아래에 깔린 무거운 돌이 되어 이 세상의 모두를 등 위에 태워서 중생들을 꽃피우게 하는 영혼의 세계를 창출하는 차마고도의 아픔을 보고 한없이 아름다운 눈물이 흘러내렸다. 나는 왼쪽 주먹을 불끈 쥐고 우측 손에는 볼펜을 들고 저들의 고행을 적는다. 린저 미라산의 협곡을 지나야 부처님 성전 앞에 갈 수 있는 “차마고도의 지옥길” 5보 3탁 절의 의미를 3보 1탁으로 나의 영혼으로 한 것을 사죄드린다. 아귀 지옥의 이 협곡을 죽음의 인내에서 부처님 성전 앞에 가려는 이들을 보며 나는 경악과 내 마음이 굳어버렸고 저들의 고행길 앞에 엎드려 눈물을 흘리며 숭배의 절을 안타까이 하고 있다.

나는 무엇인가 차마고도의 순례길을 보고도 내가 어찌 깨달은 자라 할 수 있는가?

나는 신◊에게 질문을 한다.

조금의 시간이 흐르고 신은 답을 준다.

생명체의 한 인간으로서 고난, 고통, 고행 속에 자기 죽임에서 새로운 자기 마음의 꽃을 피우는 것은 맞지만 죽음보다 더 고통을 견디어 한 차원 높은 세상을 보는 것은 맞지만 그렇다고 석가모니님같이 깨달음이 오는 것은 아니다.

이다음 너가 그 고행의 길을 완주한 사람들과 부처님 앞에서 만나진다면 부처님은 너에게 깨달음의 점수를 더 줄 것이다.

육체가 죽을 때 죽더라도 생명체 또 한 신이 준 고귀한 선물이지 않은가 육체를 위하는 길이 무엇인지 알고 미래를 위해 운동의 노력도 열심히 하는 것이 너의 5차원 깨달음이니라. 너의 깨달음은 사람으로서 현실의 삶 속에서 육체와 영혼을 위하는 두 마리 토끼를 잡는 것임이 아니더냐. 나는 또 신에게 감사의 기도를 올린다.

11월 24일 금요일

새벽 4시 10분에 꿈속에서도 통일의 염원이 설 잠에서 잡꿈으로 꿔질 때는 꼭 오줌이 마려워서 잠에서 일어나는 나의 평생 습관화다. 아침 6시에 큰 사위와 딸이 여수에 회사 볼일로 내려가는데 내일은 토요일, 모래는 일요일인데 겸사해서 같이 여행 한번 다녀오잔다. 얼씨구 좋아라! 가혹 TV에서나 보던 여수 오동도며 유람선 갈매기를 만나러 간다니 이게 왠 떡! 간밤에 꿈을 잘 꾸었나 보다.

서울을 지나니 온 산천에 하얀 눈들이 한겨울같이 내리고 고속도로 위엔 온통 하늘의 눈빨이 온 천지를 덮고 사위가 운전하는 차에도 눈들이 덮어씌운다. 연신 앞길을 열려고 브러쉬를 요리조리 눈빨을 치우고 있다. 도로변 이쁘게 단장한 단풍나무며 벚꽃나무며 크지 않는 가로수 나무 위에 하얀 눈나라에 온 것 같다.

눈들이 내려앉은 하얀 세상을 만들고 있는 겨울의 이 멋에 아내도 좋아라 와~우~한다 와~우는 무조건 케세라세라 너무 좋다는 표현인가 보다. 작은 소나무에도 흰 눈 덮인 속에서도 내가 소나무요 하고 푸른 솔잎들이 간간이 내밀고 있는 것이 누가 소나무인줄 모를까 봐 시방 내숭떠는 것 모를줄 알고 괜시리 이 무명 시인에게 찍히고 싶어서 시비 거는 것 내가 모를 줄 알고 그래 어린 소나무야 미안하다. 너를 어떻게 시상을 잡아야 할지 모르겠구나. 이럴땐 차라리 내가 예술가의 화가였다면 너를 섬세하게 눈 내리는 속에 눈 덮힌 작은 소나무의 속에 푸릇푸릇 잎을 내민 너의 형상의 영상을 그림으로 그릴 수 있을 것인데 시란 너의 형혼의 한과 희빛을 표출 창출해야 하는 것이 너무 어렵구나, 작은 소나무야. 오늘의 너의 모습 너의 영혼 스치는 이 무명 시인과 눈 한번 맞추고 천년을 우리 애틋이 사랑하자. 그래도 흰 눈이 한없이 내리는 오늘은 너에게 눈빛이 한참 갔으니 너는 행운인줄 알아라. 나의 이 무명 시인의 눈빛이 머무는 곳엔 신 ◇이 보고 있거든! 바이바이~!

충청북도쯤 지날 때는 온 산천이 흰 눈발에 백설이 뿌려지고 아내와 큰 사위와 딸도 겨울의 동궁 속으로 여행온 것 같다며 와~우를 연발한다. "눈 속에 안개꽃" 『통일의 대박꽃』(시혼과 투병일기) 속에 나의 시 2016년 11월 24일. 오늘이 간암으로 내일이면 시술대 위에 누워 죽음과 생의 사투를 벌이는 시차 앞에 내 영혼들은 내 육신을 버리고 하얀 눈이 오는 날 떠날 준비를 마치고 있고 내 영혼들아, 어디를 가느냐고 물어 보아서도 안 되겠지. 무지의 육신에 들어와서 예술로 승화되어 한번 세상에 날아보지도 못하고 내 영혼들아, 미안했구나.

간암 시술 때 간을 도려내는 그 피가 폐에 가득 차올라서 또 죽음의 고비에서 정맥이란 시술을 하고 나의 담당 김태현 교수님이 이틀 후 하늘이 도왔습니다라고 할 때 한없이 흘러내리던 눈물을 애써 감추려고 했던 1년이 지난 오늘이다. 세상엔 눈이 이렇게 많이 내리고 저 먼 곳 눈빨 속으로 나의 영혼 하얀 나비 한 마리가 눈빨속에 날아가는 환상이 보이고 어~! 저기 눈빨 속으로 하얀 나비 한 마리가 날아가고 있다고 말했다가 아내는 또 정신이 날궂이한다고 하고 큰딸은 겨울 눈 속에 하얀 나비가 어디에 있느냐고 퇴박을 준다.

내 문학의 얼라들 지금 북랩 출판사에서 눈 속에 날고 싶어서 안달이 났을 텐데 내 문학이 베스트셀러가 되고 노벨 문학상을 탄다면 그때 오늘의 정신병자 취급을 하는 너희들 나에게 무어라 변명할란가. 오늘의 원수를 갚아야지. 여수에 도착하니 남쪽이라서 눈이 한점도 안보이고 봄 날씨 같았다. 사위가 사업의 업무로 볼일을 보러 간 동안 딸의 안내로 여수 오동도 동백섬을 아내의 손을 잡고 어린아이들마냥 앞뒤로 흔들며 이미자 가수 노래 '동백 아가씨'를 흥얼거리며 동백섬 둘레길 따라 걸어보니 참 좋다. 바닷바람이 심하게 불어와 추운 듯해도 철없이 좋은 곳에 온 것이 작년에 죽었으면 어찌할 뻔했노. 이 좋은 곳도 못 보고 골로 갔으면 원통해서 우찌하뇨! 아내와 깔깔대며 낄낄거리며 좋아했다. 사위가 일이 좀 늦게 저녁때쯤에 끝이 난다고 연락이 오니까 큰딸이 그러면 막간을 이용해서 오동도 입구에 있는 연락선 배를 타자고 했다.

금오도를 돌아서 오는 유람선을 타고 바다 위에 몸을 실었다. 아내는 평생에 유람선을 처음 타본다고 했고 나는 평생에 아직도 비행기를 한 번도 못 타 본 참으로 팔자가 ☆ 같은 인생이다.

유람선은 선상에서 엔진을 돌리며 흰 물갈기를 일으키며 뱃머리는 바다를 향해 부~웅 하는 기적을 울리며 출발을 한다. 유람선이 출발하자 바다 위에 앉아있던 갈매기와 스티로폼 웃기 위에 앉아있는 갈매기 검푸른 바위에 앉아있던 갈매기가 어미를 따라가듯 일제히 날아올라 하얀 물갈기가 일어나는 배 뒤 혹은 옆으로 가득 차게 따라온다. 딸이 선실 위에 매점 점방에 가서 새우깡을 한 봉지 사와서는 배 뒤쪽에 가서 손에 들고 있으면 갈매기가 날아와서 쫓아가는 것이 참 재미있단다.

이미 많은 사람들이 손에 새우깡을 들고 있고 간혹 새우깡을 바다에 던져주니 갈매기들이 주워먹으려고 그래서 갈매기들이 유람선을 따라왔구나. 아내와 나도 배 뒤 모도에서 사람들 사이에 끼어서 새우깡을 높이 쳐들었다. 아뿔싸! 갑자기 흰 갈매기 한 마리가 주둥이가 날카롭지가 않고 두리뭉실 순하게 생겼고 오렌지 붉은색 부리가 예쁜 것이 사람들 손을 헤집고 나의 손에 들고 있는 새우깡을 낚아채 간다. 순간에 그 기분 왔다 매 나이스~샷이고 추억의 기억에 오래 남을 것 같다. 아내와 많은 사람들도 이 추억의 기분을 간직하려고 팔을 있는 힘껏 뻗어보지만 동물들은 동물을 잡아먹는 사악한 냄새가 사람에게 나는 것인지 함부로 오지 않는다. 그렇다면 나에게는 동물들과 식물들 악도 사랑하는 내 마음의 냄새가 나는 걸까 나는 또 내 자신의 자랑 낄낄빠빠짓을 하고 있다. 이번에도 또 내 손끝에 있는 새우깡을 쫓아가니 아내는 약이 올라서 내 팔을 끌어내리고 내 손 자리에 새우깡을 들고 있다. 옆에 있던 사람들도 내 손 위쪽 앞쪽을 새우깡을 내밀어 보지만 갈매기들이 쉽게 손가락까지 접근하지 않는다. 이번에는 나의 팔을 다른 쪽으로 올렸는데 또 쫓아간다. 참 신기하다. 새들도 내 마음의 순수한 감정을 어떻게 알았을까.

여기서 마음 心의 깨달음이 온다.

(심) 心 마음

심은 마음이요 정신은 곧 기이며 영혼이다

민심은 천심을 움직이고 하늘은 이 땅에 대통령과

성인군자 예술가 시인을 낳는다

바람 앞의 연약한 촛불도 주위의 세상을 밝히고

진실한 민심은 하늘이 알고 때가 되면 그 빛을 내리리라

여수 금오산 향일암에서

11월 25일 토요일

여수 금오산 향일암에 오전에 올랐다. 처음 올라 본 바윗산의 암자로 천기가 살아있다는 소박하면서도 신라의 대승 원효대사님의 참선자리에서 천 년 전의 원효대사님의 영혼의 기와 나의 기가 서로의 마음을 알아주는 신기한 기를 아지랑이같이 피어올리는 삼천 리 금수강산 남쪽의 땅 중 바다가 펼쳐져 있는 이곳이 이다음 나의 0.3시 기도에 나열 1번으로 떠올린 곳이 되었음을 여러분에게 밝혀둔다.

꼬불꼬불 바윗산의 튀어나온 큰 바윗 덩치를 머리를 숙이고 지나서 원효대사의 좌선자리 바윗반석에 앉으면 바로 앞에 수평선까지 확 트인 곳에서 부처님께 요석공주와 욕망 욕심에 잠깐 실수를 한 그 죄를 참선의 고통으로 사해 달라고 빌었다는 그 자리 반석 위에 원효대사의 기가 아직도 살아서 아지랑이처럼 피어오른 것에 눈물을 찔금 짜며 이 무명 시인과 영감을 나누고 나의 문학 『통일의 대박꽃』(시혼과 투병일기)의 책을 북랩 출판사에서 다듬어서 종이학 등에 싣고 세상을 날아가게 도와 달라고 빌었다.

원효대사님은 신라의 대승 깨달은 스님이고 그 유명한 의상대사님과 부처의 마음이 통하여 함께 중국으로 인도를 불경을 구하러 가던 중 어느 산속에서 무덤이 있는 잔디에서 밤에 잠을 청하던 중 여름이라 갈증에 목이 말라서 습관적으로 물그릇을 찾던 중 바가지에 빗물이 고여 있어서 부처님의 은덕인가 생각하며 너무나 시원히 물을 마시고 다시 잠을 청하였다.

날이 밝고 아침에 다시 괴나리봇짐을 등에 메고 어젯밤에 마신 물이 고마워서 그 바가지를 보는 순간! 아~ 그 바가지는 오래된 해골 바가지였고 그 속엔 구더기와 쇠파리가 엉켜있었다. 어제 밤에 원효대사가 먹은 물이 해골바가지에 빗물이 고였고 그 속에 구더기가 있는 물을 먹은 것을 생각하니 뱃속에 들은 물과 구더기가 꿈틀거리는 것 같아 구역질로 토해낼려고 으엑 하는 순간! 깨달음이 왔다. 부처님의 말씀이 하늘에서 산속의 묘지에 내리며 모든 것은 '일체유심조'이다. 우주 일체가 부처이고 부처가 곧 마음이니 악을 보고도 언젠가 선으로 꽃 필 것을 미리 본다면 악도한 밤하늘에 반딧불이 아니더냐. 부처님의 경전 『마하반야밀타심경』. 이 속에 우주의 원본이 있고 내 마음 하나 다스리고 깨달으면 그것이 곧 부처이니라. 왔다메 큰 깨달음을 해골 바가지 물에 구더기를 보고 깨달았으매 가실 때 구더기 어제 고맙다고 큰절을 올리고 가야 그것이 예의라 앙가나요~잉! 참말로 요로코롬 깨달았다니께요~잉!

원효대사는 그 자리에서 푸른 아침하늘을 우러러보며 부처님 품 안에 있는 듯 의상대사에게 나는 어젯밤에서 오늘 아침까지 부처님의 깨달음을 얻어서 중국이나 인도에 불경을 공부하려 갈 필요가 없게 되었으니 이 깨달음을 신라에 내려가서 중생들에게 설교를 해야 된다며 중국으로 가지 않겠다고 말하자 의상대사님은 원효대사를 마음이 바뀐 똘중이라고 비웃으면서 혼자 험한 먼 길을 갔다는 실화이다. 그 후 의상대사님은 강릉 낙산사와 부석사에 선묘보살 여인과 연을 맺고 여인이 꿈속에서 용으로 승천하는 꿈을 자주 꾸며 평생을 불기에 귀의했다 한다. 원효대사님의 반석 바로 뒤 암자에 부처님이 있고 시주 1만 원에 일일등불로 소원을 적어 부처님께 올리면 소원 성취 이루게 된다기에 아내가 돈 1만 원을 내고 내 평생 나를 위한 기도는 두 번째로 "종이학아, 날아라" 이렇게 적어놓고 부처님께 아내와 절 3배를 올렸다.

금오산 향일암에서 내려와서 예정에 없던 1박을 내일은 일요일이니 하루 더 하자고 큰 사위와 딸이 말하지만, 아내는 하루 더면 펜션 방 두 개 값에 두 끼 식사비가 만만치 않을 테고 그놈의 원수같은 돈 땜시 서울로 올라가자고 해도 남한 팔도 4방 구석구석 모르는 곳이 없는 듬직한 사위가 멀어서 한번 내려 오시기가 어려운 곳이니 좋은 곳 온 김에 보고 가시는 것이 좋을 것 같다며 배 유람선에 자가용 차까지 실어서 금오도 섬으로 들어가는 것이 신기하다. 금오도 섬에 내려서 사위가 자가용으로 섬을 돌아볼 수 있는 곳은 시골의 소박하고 평화로운 풍경을 영혼의 추억에 지구촌 삼천 리 금수강산, 여수 금오도 섬을 포토존 뇌의 영상으로 찍으라기에 시골스러운 밭이며 임자 없을 것 같은 유자나무에 유자며 자동 슬라이딩 도어즈로 나의 영상에 담았다.

나는 아직 완쾌되지 않은 몸으로 정맥 시술한 곳 낭심 옆 심줄 혈관 연결 자리가 막 앉지도 못하고 일어설 때는 하체 마비 환자같이 주위를 붙들고 간신히 일어선다. 힘이 들어도 따라다니는 것이 너무 재미있고 좋다. 아내도 평생 좋은 바다가 있는 시골풍경을 구경한다고 사위에게 고맙다고 한다. 아내는 오솔길 둘레길을 걸으며 동백나무에 겨울에도 핀 동백꽃을 보며 신기하고 좋아라 하고 나는 시골길 옆 내 발 아래 밟히며 찢기면서도 아이 좋아라 하고 한번 더 밟아 주이소예 하는 밟힐수록 씨앗이 번창한다는 질경이 풀이며 이름없는 잡풀들이 너거들이 이 무명 시인을 알아주고 한번 더 눈길을 마주칠려고 환~호를 하고 태극기 휘날리는 내 주위를 둘러보며 이럴 때 나는 나라님 대통령이 안 부러운 거라!

시골길 걸어가며 히죽히죽 웃고가는 내 모습에 요즘 아내도 나에게 들은 풍월로 "아니! 시골길 걸으며 혼자 히죽히죽 웃고가는 병신이(병완쾌가 아닌) 날궂이를 하고 있나, 아님! 봄날에 보리밭 위 하늘로 높이 올라가는 종달새 거시기를 보았나 이 양반이 요즘 안하던 이상한 짓거리를 자주 한다."며 그러다가 돌부리 차서 다치지 말라며 내 손을 잡아준다.

아내와 딸, 사위가 이곳에 와서 낚시배 한 척 사서 평생을 조용하고 소박하게 바다도 보고 산에 밭도 좀 가지고 살았으면 좋겠다고 말하지만 나는 내심 평화롭고 조용한 곳이 마음에 덜 차는 거라. 바다는 살아서 아픔의 삶같이 출렁이며 파도가 끝없는 수평선에서 하얀 물갈기를 이루며 밀려와야 하고 서울에서도 너무 멀지 않는 곳 예금강 바다와 큰 산이 보이는 동해바닷가 멀리서 금강산이 가까운 곳에 살리라는 나의 심정은 아이들에게는 말도 못 한다. 참 경이롭고 평화스러운 섬 금오도여~ 안녕!

아내와 강촌에 가보았다

11월 27일 월요일

아침에 눈이 좀 날리고 춘천 가는 지하철이 인천공항에서 홍대입구역을 거쳐 춘천까지 가는 새로 생긴 홍대역 지하도가 어리빵빵하게 잘 만들어져서 한참을 헤매고 묻고 촌놈 티 다 내고서야 아내와 강촌 가는 지하철을 탔다.

나의 『통일의 대박꽃』 책에 80년대 서울의 대학생 문학 문화를 아는 사람이나 시인이나 작가들이 많이 탄생한다는 강원도 강촌의 낭만이 있는 곳을 안 찾아가본 사람이 있겠느냐만, 나의 운명도 그때 애절한 사랑의 아픈 시를 적은 곳이기에 유별히 강촌에 집착한다. 수억만 개의 빗방울이 떨어지는 강촌의 강 돌섬 위에 앉아 나는 강물을 바라본다. 강물은 흘러서 내 님이 계신 곳 서울로 가나. 앞산의 계곡에는 안개 이슬비에 젖어 넝쿨들이 비옥의 여인으로 서있고 기차는 잠시 돌산 아래에 머물렀다. 기적을 울리며 어디를 가나 (『통일의 대박꽃』) 책에 있음.

폭포 아래서

사랑아 죽어라 깜깜한 밤에

꽃잎아 떨어져라 맑은 물 위에

떠가든 뱅뱅 돌든 애처롭지만

곤두박질 치다가 영영 못 볼라

(『통일의 대박꽃』에 있음)

돌산 아래에 있는 강촌역인 줄 알고 내렸는데 산과 강은 어디 가고 일반 시골역 앞 아무것도 없다. 옛날에는 낭만이 흐르는 이곳에서 시를 썼다고 그 시가 북랩 출판사에서 곧 나오게 될 것이라고 이야기하고 문인으로서 좀 각오 다시 잡을려고 했던 청춘의 꿈이 뒷곰배 대갈통이 쥐어박히며 하는 꼴이 그러니까, “아서라 안카나! 뭣이 한 개도 제대로 되는 것이 없어 제 꼴이 개꼴이고 닭 쫓던 개 지붕 위를 쳐다보고 닭 보고 있는 꼴이 내 꼴이지 뭣!”

이리 갔다가 저리 갔다가 아내는 어디를 가느냐고 짜증스럽게 묻고 난감해진 나는 지하철 환경 청소 미화원 아줌마에게 강촌역이 이렇게 바뀌었냐고 물으니 아래로 한 정거장 더 가면 김유정 역에서 내리면 레일 뭣을 타면 옛날 강촌역이 나온다고 해서 지하철 꽁짜니까 가보자고 해서 추운 바람에 김유정 문학역이란 고귀한 역에 내렸다. 레일 타는 곳에 가보니 1인당 만 원씩이라고 해서 날씨도 춥고 돈도 아까워서 못 타고 김유정 문학관도 입장료가 있다고 해서 못 들어가고 배도 고프고 막국수 7천 원짜리 한 그릇씩 먹고 서울로 돌아왔다.

서대문 형무소 앞에서 눈물을

11월 28일 화요일

요즘은 안산을 자주 오르는 편이다. 신촌에서 버스를 한번 타고, 연희동 쪽으로 둘레길 나무로 된 다리 위를 걸으며, 시골의 오솔길 흙길을 걷는 것보다 창작이 느껴지는 것을 보면 아무래도 자연 자연 하던 나도 문명의 발달에 중독은 되어 있나 보다.

"둘레길" 하는 것보다 "오솔길" 하는 쪽이 한결 정감이 가는데도 말이다.

안산은 연희동 쪽은 참 편안하다. 노태우 전 대통령님, 전두환 전 대통령님 두 분이 살고 있어서 그런지 아름답게 꾸며져 있다. 오늘은 서대문 독립문 쪽으로, 처음으로 악 바위 같은 산을 타고 한번 내려가 보고 싶다. 나는 아내가 하는 대로 따르는 편이고, 딱 한 가지 고집 글 쓰지 말라, 국문과, 문학창작과를 나오고도 몇몇 특별한 천재이거나 돈이 있거나 백 연줄이 있는 사람도 어려워하는데, 이나 이에 참 한심스럽고 안타까워서 말리는데도 나는 지금 현재 내가 할 수 있는 일이 창작을 할 때, 새로히 내 자신 속에 있는 것보다. 더 잘되는 글이 써질 때. 바보의 희열을 느끼는 이 재미를 너거들이 우찌! 이 인생의 맛을 알리요. 딱 요 한 가지만 열 번을 생각해도 내 육체와 내 정신을 위해서도 꼭 베스트셀러가 안 되고, 허망 없이 버려지더라도 나를 위한 개꿈일지라도 인생은 개꿈을 꾸며 살아가는 것이 창출, 창작, 창의의 길임을 알아야 할 것이다. 엉뚱한 길, 돌산 바위를 타고 내려오니 어릴 때 시골 산골, 마을 외갓집을 갈 때가 생각나고 새로 모험인 것 같아 에베레스트의 등반가는 아니라도, 젊은이들이 죽음 같은 히말리아 산맥에 도전하는 멋과 맛을 안산 서대문 쪽 돌산을 내려오며, 깨달았다. 참 개똥 보고도 깨달았다 하는 말이 딱 맞구먼요~잉! ~앵!

돌산에 큰 바위가 돌 위에 얹혀서 험한 태풍에도 떨어지지 않고 수천 년 만 년을 견디어 온 바위에 내 왼손바닥을 얹고 신에게 이 바위의 한을 알아주소서. 하고 기도했다. 중간쯤 내려왔을 때. 안산의 정상을 올려보며 바위의 생김새를 동물과 닮은 점을 아내와 강아지를 안고 앉아서 노닥거리니 참 재미가 있다. 우측 바위산에 큰곰이 받쳐들고 있는 곰의 머리 위에 소나무 작은 것 하나가 까막새같이 앉아있고 정상 위에는 새끼 코끼리가 바위공을 굴려뜨리려는 개구쟁이의 끼에 어머나 저 바위공이 떨어지면 저 아래 공기 좋다고 이사 온 아파트가 절단 날 텐데 우찌뇨! 우예하믄 좋뇨,

아~ 하 그래서 바위곰이 받들고 있구나 싶다. 정상 좌측에는 거북이 바위가 세상이 바다인 줄 알고, 헤엄을 칠 준비를 하고 있고…. 중턱의 좌측에는 큰 바위 뱀이 용으로 승천을 하려다가 안산을 지킬 그때의 운명 땜시 승천을 못 하고 지금 끝 안산을 지키고, 있는 이 모습에 서울의 안산이 신의 정기를 제법 내린 곳이구나 싶다.

중간에서 사람들에, 지하철이 가까운 곳으로 내려가는 곳을 물어 보았고, 그래서 서대문 형무소 쪽으로 내려왔다. 서대문 형무소 시멘트 블록으로 담을 쌓고, 가시 철조망을 담 위에 두르고 산밑 초소에 M16 같은 총을 들고 보초를 위에서 서고 있었다. "씀덕" 했다. 아니~ 형무소가 다른 곳으로 이사를 했고 이곳엔 형무소 그대로 박물관으로 한다고 했는데 금강산 관광객을 혼자 산책하다가 북한 초병이 간첩인가 오인하고 총을 쏴 맞고 죽은 일이 있는데 한적한 이곳에서 어느 길로 갈까 어물거리는 우리를 설마! 설마 그렇지는 않겠지. 나는 그 보초를 안심시키느라 큰 소리로 지하철역으로 내려가는 길이 어디냐고 물었고, 보초는 가르쳐 주었다 내려오니, 그곳이 서대문 형무소 옆, 독립 기념비석이 세워진 공원이었다. 첫 번째 눈에 들어 오는 곳이 서대문 형무소 사형 집행장이다. 두 번째는 담벼락에 붙어 있는 애국투사들의 사진이다. 이 한민족의 개국 투사분님들 정말 존경하고, 보상받지 못한 흔적 없는 죽음 앞에서도 내 조국을 위해 어찌 그리도 당당하셨습니까.

나는 내 자신이 부끄럽고 보상받지 못하는 흔적 없는 그 시대의 죽음 앞에 아무래도 내 안위를 위해 마음이 진리롭지 못한 생각이 들었을 것을 생각하니 그대님들 앞에 돌에 이마를 내리쳐 죽고 싶은 심정에 눈물이 내 눈가에 이슬비같이 내립니다. 애써 아내와 강아지 앞에 보이지 않으려 이분들의 사진을 어루만지며 웁니다. 신이시여! ◈ 이분들의 영혼이 있다면 진정 정의의 빛을 내려 주옵소서. 억 받쳤던 성좌의 내 입에서 욕설이 튀어나옵니다.

일본놈들 내 민족을 짓밟고, 산천의 어머니의 금수강산 정기에 쇠말뚝을 박아놓고 아직도 정기의 맥이 끊어져 남북이 한 형제끼리 혼돈의 원수로 갈라놓고도 아직도 이 민족 삼천 리 금수강산에 진정으로 사죄하지 않고도 너희 영혼에 앞날에 희망찬 미래를 바라지 말라!

'경고!' 하건대

진정으로 이 산천 앞에 한민족의 영혼을 죽이려고 쇠말뚝을 박은 것에 잘못을 인정하고 일본 천왕이 무릎을 꿇고 사죄하라. 하나님의 예수님, 성령 성서에 진실로 사죄하고 참회하면 너희도 하나님의 자식으로 은혜를 주리라! 꼭 사죄하기를 바란다. 2018년 무술년 슈퍼문 보름달과 천기가 내려온 이 해에 3.1절 기념 행사를 역사 이래 처음으로 독립투사의 그 정신 영혼 앞에 문재인 대통령님이 이곳에서 그 뜻을 소원하는 것을 보여 새로운 시대가 통일로 가는 깨어남의 세월이 다가옴을 느낍니다. 삼천 리 금수강산이 통일이 되고, 한민족이 화합의 세상을 열어갈 미래가 온다면 이제 우리 어른들은 새싹의 젊은이와 후세의 새싹이 돋아나는 경이로운 세상, 이 지구촌에 동방의 아침 이슬의 나라를 일깨워 나갑시다. 한민족이여~! 잠에서 깨어나자!.

12월 1일 금요일

제주도 4.3사건을 다룬 『순이 삼촌』의 작가 현기현님의 TV 인터뷰를 보면서 1948년 4월 3일 제주도의 한 동네 전체를 불순분자를 색출한다며 군, 경찰이 특무대라 칭하는 명칭으로 마을 전체를 불태우고 어린아이 노약자 부녀자 동네청년 남·여 가리지 않고 총칼과 방화로 무자비한 산적 떼 같은 이 사건, 빈대 몇 마리를 잡으려고 초가삼간 집 3채를 태우고 총살하는 민족의 비극을 보며 눈물이 흐르고 있다. 『토지』의 작가 박경리님의 경북 하동마을의 젊은 청년들을 무자비하게 총살하는 왜놈들의 만행를 보며 이 민족의 나라 빼앗긴 처참한 운명의 장난을 보며 그 왜? 등등등 하늘을 보며 말이 안 나온 인간사냥의 악마들을 보며 신은 지금 어디에 존재는 하고 있는가? 개코나 신이 있기나 하는가 어떤 호랑말코 같은 놈이 신을 말했는가? 연약한 민중이 무장한 군인들의 무식과 싸워서 어떻게 이기라고 펜은 칼보다 강하고, 간디의 맨몸으로 대포와 핵무기를 어떻게 이길 수 있다고 신은 영혼의 진리를 이야기하는가? 이것이 무엇입니까? 조금 후 신✧은 이렇게 답변한다.

1. 첫째는 신의 진화론 속에 대예술창착 그래픽에 안타깝고 애틋한 한의 죽음도 그래픽 신의 세계에 그림에 덧칠을 하는 과정이 있고 역사의 오늘날 아직은 미완성의 신의 그림에 악과 선으로 악에 저항하는 선의 꽃이 빛나고 있음을 너도 보고 느끼고 있지 않느냐?
2. 둘째는 세상은 악이 있어야 선이 있고 악보다 선이 한 차원만 앞서 있어야 선이 더욱 빛나고 돋보이는 것이 아니더냐. 이 우주 지구촌은 대자연의 신비 속에 생명체들은 모두가 선과 악의 분별을 하고 그 점수를 주는 신의 시험장이라는 것을 알아라.
3. 셋째는 무명 시인 3대성좌 너는 5차원의 깨달음으로 IT 4차 산업혁명에 한 차원 앞선 정신적 영혼을 사람들에게 신-◇-의 빛을 내리고 있음을 알리라고 이대 목동병원 이화의 배꽃 속에서 너의 영혼 봄나비, 하얀 나비에게 신의 전령인 노랑 나비를 설산을 넘어 보낸 것이야.

왜 진작 보내지 않았느냐고 반문하지 말라. 지금은 네가 진리의 길에 죽어도 아깝지 않게 생각할 테니까. 그렇지만 젊은 청춘에 예수같이 진리의 길 모든 사람의 아픔을 十자가에 못 박혀 혼자 받을 테니 만인을 구원해 달라는 예수의 깨달음이 "원수를 사랑하라." 하였느니라.

너에게 젊을 때 시험의 지구촌에 내려보냈으면 생지랄 염병 떨며 신에게 빠락빠락 대들고 했을 것 아니냐.

안 그래도 너의 『통일의 대박꽃』(시혼과 투병일기)의 책 속에 평생 실패의 운명을 주었다고 신에게 ★생지랄하고 달겨든 글을 읽어보고 웃었다. 이 쫀지리 놈아! 5차원의 깨달음이란 영혼과 육체를 두 개다 이로운 쪽으로 선택되는 지혜가 아니더냐. 그래서 이제는 한 나라의 백성을 지키고 이롭게 하는 것은 과학의 힘을 키워서 어떤 나라가 침공을 해도 영혼과 이론을 내세우며 전쟁의 무기도 어느 만큼 만들어져 있어야 왜적의 침략에서 백성을 보호할 의무를 다하는 것임을 알아라.

한을 가슴에 묻고 속은 영혼들이여 밤하늘에 하늘을 보라. 수억만 겹의 별들이 빛나는 저 중 하나가 나의 별이라고 생각을 하자. 신의 진화론의 대 예술작품에 그대의 죽음이 신의 작품에 밑 덧칠을 한 그대의 영혼이라 생각을 하자. 이 무명 시인 또한 신의 작품에 한갓 먼지 한 톨 이슬 방울 하나뿐인 것을 이 땅에 억울하게 청춘에 죽어간 의로운 영혼들이여, 우주의 영원한 속에 밤하늘에 무수히 빛나는 별이 되어 찬연히 살자. 한민족의 아픈 역사, 한이 맺혀 9만천 봉에서 우는 영혼들이 있거든 무명 시인이 노벨 문학상을 타고 공인이 되는 날 좋은 날 좋은 시를 잡아 삼천 리 금수강산 어머니의 산 정기에서 한을 풀고 조각달에 몸을 싣고 우리 환승의 세계로 가자. 서대문 형무소에서 고뇌했을 독립투사의 아름다운 영혼들이여! 신의 ✧ 은총이 안산 자락에 비추어 암울했던 그대들의 영혼에 찬연히 빛나리라.

신◇에 0.3시에 기도

12월 3일 일요일

신◇에게 0.3시에 오늘부터 기도를 올린다. 불교에서는 0.4시에 여명의 새날이 밝아옴을 종의 울림으로 광명 천지에 퍼져 나가길 기원하는 새벽 예불이다. 나는 아직 광명 천지에 알릴 처지가 아니고 신과의 영감을 주고받는 것일 때 0.3시가 적절하지 않을까 한다. 0.2시 20분까지 일어나면 화장실 양치 세수 그리고 육체를 위한 상, 하, 중 운동 3가지 한다면 3분 전 불을 끄고 창문을 열고 기도를 올린다. 기도의 규칙은 뒷페이지에 상세히 적기로 한다. 6~8분의 기도가 끝나면 문학의 글을 쓰고 0.5시쯤 TV를 튼다. KTV 국회방송에서 인생 한 곡, 노래 한 곡 MBC 제작 프로그램에 나의 어릴 때 시절 1950년대부터 60년대, 70년대, 80년대까지 그 시대의 삶의 현실을 배경을 담은 것으로 어쩜 내 인생도 비슷하게 그려있는지 고행 고난의 그 시절을 지금은 그리운 추억으로 쌓아주는 것 같다. 1980년대 낭만의 강촌이 나올 때는 그 시대에 서울의 대학생들 한 번쯤은 친구들과 찾아간 그 강촌에 어떻게 이 무명 시인이 끼었는지 참 아이러니하다.

이슬비 안개에 젖은 앞산은 여인의 무명 속치마만 허리에 감은 듯 수줍음으로서 있고 계곡의 신비한 계곡물은 졸졸졸 흘러 어디를 가는가? 산허리 감아도는 안개 이슬비에 젖은 흰 학 한 마리는 여인의 영혼인가, 강줄기 타고 날개를 휘젓고 어디를 가는가? 이런 나의 문학이 북랩 출판사에서 곧 나올 텐데 내 심장이 뛰고 꿈에 부푼다. 내가 가장 좋아하는 노인네 가수 장사익 선생님의 '봄날은 간다' 노래 한 곡에 그 감성의 예술성에 내 가슴에 잔비가 뿌리며 나는 또 울고 있다. 역시 장 씨들은 유전자가 날날이 끼가 있고 권 씨들은 양반의 기질이 있어서 심사 위원장 쪽으로 조상의 피가 흐르고 강 씨들은 공부를 파고들어 학자분이 많이 나오고 설 씨들은 설명을 잘하여 강연 웅변 쪽으로 능통하고 김, 이, 박 성씨는 왕족의 기질이 있는 것 같다. 오늘 새벽에는 초겨울의 밤비가 나의 옛 시상을 떠올리게 한다.

12월 4일 월요일

미국의 헌법 제1조 1항

어린아이가 풀잎을 뜯어 세상에 휘~뿌리며 이것이 무엇입니까?

나의 판단은 ①원본 ②창의 ③창출이라고 세상에 던지는 것이라 생각한다.

대한민국의 헌법 제1조 1항

대한민국은 자유 민주주의 공화국이다

헌법 제1조 1항만 보아도 삼천 리 금수강산, 이 나라는 미국에 한 수 아래이다. 자유민주주의가 그 정신과 진실성이 미국을 못 따라가는 것 같다. 한민족 국민이여! 이제 이 민족이 진정 자아를 깨닫고 정신을 차려야 할 때인 것 같다. 자유 민주주의는 국민을 위하는 정치이며 국민이 뽑은 대표자가 대통령이 되고 국회의원이 되어 헌법을 잘 만들어 국민이 좋은 쪽으로 가야 한다. 자유 민주주의는 곧 철학이고 진리이다.

인간이 사람답지 못하면 체제의 교육을 받아야 한다. 사람이 자유 민주주의를 갈망하는 것은 인간이 사람답게 세상에 법을 존중하며 자유롭게 사는 것이 지옥에서 희망의 세상을 얻는 것이다. 한민족이여! 이제 우리는 새로 깨어나야 한다.

통일이 되면 헌법 제1조 1항은 삼천 리 금수강산은 영롱한 아침이슬의 참나라 한민족이다. 4차원의 깨달음은 참새가 어떻게 봉황의 뜻을 알리요이지만 5차원의 자유 민주주의는 봉황이 참새의 뜻을 알고 이끌어 올리는 진정, 진실, 진리로 정치를 해야 미래에 영웅으로 존경받는 것이다. 미국의 고위 공무원을 뽑는데 3가지 심사 기준을 둔다고 한다. 1. 인성교육 2. 실력평가 3. 헌신봉사 정신이 곧 민주주의란다. 이것을 보면 참 좋은 매뉴얼이다. 한 치의 오차도 없는 좋은 문구이다. 여기서 나의 해설을 붙인다면,

1. 인성 교육은? 어릴 때부터 인생의 삶 속에 일생을 자아가 무엇인가를 깨닫게 해야 하고
2. 실력 평가는? 3 전문 분야로써 세계의 최고들을 연구 공부하고 1차원 더 높은 창출을 해서 인류의 문화와 인간을 위한 발전에 기여해야 할 것이다.
3. 헌신과 봉사정신? 바로 봉황이 참새의 뜻을 깊이 알고 사랑하여 진정 진실하게 참새를 위한 죽음의 희생도 감사함의 철학이 있어야 할 것이다.

에그! 구구절절 내 딴에는 좋은 소리를 해댓사고 있건만 어느 누구 한 사람도 칭찬 박수는 없고 쓸데없는 짓, 거만 하거래이~안카나! 요놈의 팔자 이러려면 뭘 하려고 날 낳았나 어매, 어매, 우리 어매, 노래라도 한 곡조 뽑으면 좋으련만 그마저 음치로 날 낳았으니 요놈의 팔자가 상팔자요, 이제 삶의 족쇄도 풀렸고 몸은 완쾌가 아니지만 일은 안 해도 밥은 먹고 살고 이제 좋은 세상 오려나 했는데 며칠 전 11월 29일 수요일 북한에서 0.3시 17분에 화성 15호 ICBM 미사일을 일본 상공을 지나 미국 본토까지 날아갈 수 있는 시험 발사를 태평양 바다에 정확하게 떨어졌으니 남과 북 전쟁 촉발로 세계가 난리난리 6.25 난리는 난리도 아니다. 핵전쟁이 일어나면 3백 년은 문둥병에 독을 넣은 것이여 이럴 땐 나는 어떡한대요! 가만히 있어라 안카나. 천하에 성좌라고 자칭하는 자가 핵 미사일 발사 폭격에 놀라면 잡배의 천하영웅호걸이 천둥번개에 놀라는 것과 무엇이 다르랴 좋은 말만 졸졸 따라 하는 앵무새가 되지 말고 세상을 응시하고 진리의 길을 죽음이면 어떠하리. 그것이 너의 길임을 이제는 알고 실천을 해야 됨을 알아라.

알았구먼요! 죽음이든지 고통이든지 부귀영화는 없고 명예도 빼고 고것이 네 팔자인기여~! 암! 알았구먼요~잉!"

12월 6일 수요일

SBS 밤 9시 영재 발굴의 11살 피아노 천재 배용준의 삶을 보며 10살 때 엄마가 폐암 3기로 담당 의사 교수님에게 8개월 시한부 생명뿐이라는 선고를 받는다.

천재 피아니스트 이 아이는 아직 어린이로 양치도 세수도 학교 준비도 모두 엄마의 손길이 다여야 할 시점에서 죽음의 운명에 선 어미의 마음은 무너져 내린다. 어린아이 또한 엄마의 죽음을 알고 엉어리진 가슴의 한을 삭히며 하루하루를 버팅겨 간다. 배용준 이제 초등학교 3학년에 갓 올라왔다. 학교에서 돌아온 아이는 엄마를 어떻게 살릴 수 없음을 알고 엄마를 위해 할 수 있는 일은 오직 하나뿐 엄마가 기뻐하는 모습을 위해 피아노를 치는 것이다. 어린 마음에도 엄마의 죽음 앞에 누가 피아노를 칠 마음이 있겠는가? 배용준은 엄마에게 나약함을 보이지 않으려고 피아노 앞에 앉아 건반을 누른다. 엄마는 아들에게 아픈 몸을 보이지 않으려고 기침 속에 묻어나온 피를 감추며 천재 아들의 피아노 음률에 천사가 되어 하늘나라로 날아가는 몽상에 빠진다.

아이는 한을 피아노 음률에 실어 천상으로 신에게 보내며 엄마의 병이 기적같이 나아서 일어나 주기를 허공에 전한다. 엄마는 여윈 몸을 가누지 못하면서도 방문을 열고 머리를 내밀고 장한 어린 아들의 건반 위에 움직이는 여린 손끝이 애처로워 보이며 애써 눈물을 보이지 않으려고 미소를 띤다.

잠시! 아들의 피아노 음률에 어미는 눈을 감고 환상의 꿈속에 날아간다. 한 여인으로서, 한 엄마로서의 기구한 이 운명 앞에 이 무명 시인의 눈시울에 한없는 눈물이 흘러내린다.

아~ 신◇이시여!

나는 합장을 하고 신의 세계를 응시하여 왜? 착하고 연약한 사람이 먼저 죽어야 하는 겁니까?

나는 왜? 이 슬픔에 애틋한 아름다운 이슬을 뿌려야 합니까?

나의 눈물이 이슬이 되어 영생의 새싹을 틔울 눈물입니까?

이것이 이 무명 시인이 가야 할 무명의 길이 옵니까. 초라한 삶이 나의 찬란한 빛이다 하는 것이 신◇의 뜻이 옵니까. 얼마 후 엄마가 죽고 천재 소년은 음악의 거장 금난새 선생님을 만나서 천재의 테스트를 받게 된다.

지금까지 천재의 꿈의 응어리진 한을 풀 수 있는 1차 테스트를 금난새 선생님에게 받으며 엄마의 죽음의 한을 풀어 엄마의 무덤 앞에 꽃다발을 가져놓을 연상을 하며 피아노를 두들겨나갔다. 1차 테스트가 끝나고 꿈은 사라지고 한 맺힌 이 세상이 원망스럽다. 금난새 선생님에게 심한 꾸중을 들고 집으로 돌아와 어린 몸으로 피아노 앞에 앉아 엄마의 죽음 앞에서도 눈물을 보이지 않으려고 입술을 물며 참았던 눈물이 여기서 무너져 내린다. 어린아이는 엄마의 사진을 끌어안고 하염없이 울었다. 하늘이 내린 인간의 처절한 삶 앞에 어린아이는 무릎을 꿇었다. 한동안 어린 소년은 피아노를 잡지 않았다. 넋을 놓고 세월이 간다. 어린 소년이 다시 피아노를 잡은 것은 인생은 여기서 무너질 수 없다. 인생은 마지막까지 하늘을 응시하며 세상과 투철한 싸움을 해야 한다는 것을 어린 마음 깨달은 것이다. 어느덧 어느 날 금난새 선생님의 부름으로 2차 테스트를 본단다. 그것도 바로 오케스트라 하모니 금난새 공연에 어린 천재 피아노 소년과 앙상블로 대중 앞에서의 공연 제안이다. 공연이 떨리는 마음에서 실력발휘를 하고 관중석에서 기립박수를 받을 때 기쁨과 그 환희는 잠시뿐. 천재 소년은 또 험난한 세계의 바다로 항해를 해 나가야만 한다. 시드니 오페라 하우스 필 하모니의 꿈에 도전해야 한다. 신이시여! 이 소년 보호하소서.

12월 14일 목요일

겨울의 한강가에 오늘은 강아지와 나 둘만의 산책길이다. 겨울이라서 사람들이 뜸하고 쓸쓸하다. 흔들 그네도 연인들이 올 때마다 앉아있던 자리가 오늘은 비어 있다. 이게 왠 떡! 행여 지나는 사람이 먼저 앉을까 봐 강아지가 남의 개가 오줌 싸놓은 향수 냄새를 맡느라 줄을 당겨도 딱 버팅기고 안 따라오는 것도 오늘은 왠 떡을 놓칠까 강제로 끌어 잰걸음으로 흔들 그네를 탔다. 겨울의 하늘을 우러러보았다. 희끄무레한 하늘 아래 내 강아지와 겨울의 쓸쓸한 한강가에 나와서 흔들 그네에 앉아 신을 원망하듯 기적이라도 내려서 내 눈으로 확인하게 해 줄 수는 없는 것이겠지. 영화나 연속극같이 천둥번개가 내리치고 모세의 기적 바다가 갈라지는 기적도 설마 거짓말이겠지. 누가 믿는 사람이 있을까. 나의 왼손 바닥도 신의 기를 많이 받아서 우리집 강아지가 아플 때 내 손바닥을 머리에 얹어주면, 행복한 듯했는데 한강가에 사람도 없는데 이럴 때 과연 나에게 기적이 일어나는지 보자. 나는 하늘을 보며 주문을 외운다. 우주 대 광활한 블랙홀을 내려와서 은하계의 세상을 태양계의 신비와 달과 여기는 지구촌 3천 리 금수강산 서울특별시 한강. 나 무명 시인이 신◇의 이름으로 내 손에 천기를 모으고 내 앞의 한강 물을 갈라서 선유도까지 길을 열어주소서 하고 손을 부들부들 떨면서 내리쳤다. 개코나 기적은 일어나지 않는다.

신이 우주 세상을 진화론 속에 대예술의 세계를 창조하셨고 돌멩이 하나, 마른 낙엽 한잎, 풀 한 포기, 이슬 한 방울에도 신의 기는 흐르고 내 몸 중에 왼쪽 뇌가 신의 생각이면 발끝에 작은 가시 하나에도 아픔을 알듯 세상 우주가 신의 기가 있음을 깨달았지만 나는 오늘 신에게 철이 없는 어린아이마냥 반항하고 있다. 쓸쓸한 한강가 누런 핏기 잃은 잔디와 앙상한 수양버들 나무들만 봄을 기다린다. 그러나저러나 나의 문학 내 새끼들은 12월엔 나와야 할 텐데 북랩 출판사에선 아직도 소식이 없다. 일몰이 지고 약간 추위에 떨며 오늘 하루도 무의미하게 소중한 하루를 일기 몇 자 적는 것으로 나를 위로하고 있다.

김종현 샤이니의 자살을 보며

12월 19일 화요일

사이니, 김종현 음악의 천재. 28세의 한창 젊은 나이에 자살은 왜? TV를 보며 아이돌의 멤버로 리더로서 음악 작곡, 작사, 소설가를 하는 천재가 일생의 화려함과 부와 명예를 인정받은 그 젊은이가 왜? 자살을 했을까? 나도 천재의 뒷곰배인데 그 문턱에도 평생을 죽기살기로 노력해도 못 가볼 그 자리에 젊은 청춘의 꽃 향기 피어나는 나이에 왜? 도대체 신과 무슨 밀담이 있길래 꽃 몽우리가 피우지도 않고 꽃잎을 죽음으로 떨어뜨리는가? 샤이니, 김종현의 죽음 자살의 유서에서 "우울증이 나를 집어 삼켰다" 나의 우울증에 사람들은 나를 위로하느라고 말하지만 나는 이 두 가지 위로의 말이 가장 듣기 싫었고 나의 우울증에 부채질을 하고 있다.

1. 첫째는: 죽음을 각오할 만큼 고통이라면 그 고통을 각오로 살아 간다면 세상에 못할 일이 무에 있겠나
2. 둘째는: 이 세상 모든 사람들의 삶이 너만 죽음을 생각할 만큼 힘드는 것이 아니고 모두가 죽을 고생을 참으며 살아가는 것이 인생이란다.

*여러분! 여러분이라면 이 젊은 천재에게 어떤 위로의 말을 해주었다면 이 젊은 천재가 자살하지 찾고 더 열심히 살아갔을까요? 위의 2가지 말은 위로의 말이 아니고 충고이며, 수준 낮은 사람에게 하는 옛날 방식의 말임을 우리 어른들은 깨달아야 할 것이다.

글 쓰는 젊은이 허지웅의 뒤통수를 때려라

4월 16일 새벽 4시 JTBC 방송 프로그램을 보며 허지웅이란 글 쓰는 젊은이의 뒤통수를 때려라! 만약 내가 앞으로 허지웅을 만나면 먼저 그의 뒷통수를 때리고 돈 1천 원을 받을 것이다. 그가 방송에서 그렇게 하라고 했다. 그리고 젊은이 나에게 1천 원이 소중하니까 그대 뒷통수를 한 10대 때리고 1만 원을 받으면 안 될까 하고 질문할 것이다. 유명한 젊은 작가 허지웅님의 말씀이 자기는 지금껏 살아오면서 재수가 없는지 운이 나빠서 그런지 어른다운 어른을 한 사람도 만나보지 못했다고 말했다.

우리 어른님들! 정치하시는 분님들! 방송하시는 분님들! 뭘 이 두 젊은이에게 할 말 있는감유! 할 말씀이야 많으시겠지만, 이 두 젊은이가 공감할 수 있는 수준의 말씀 말이예유! 없으시면 그럼 저가 쬐금 주둥아리를 놀려보아도 될런지 걱정이네요. 설마 요 쫀지리에게 시비 거는 사람님은 없을 것이구먼요. 나는 천재들의 심리를 대충 알고 있거들랑요. 소크라테스 철학가가 대낮에 램프 등불을 켜고 사람다운 사람을 찾아다녀 본다는 것과 똑같은 맥락에서이지요. 나 역시 1992년도에 자칭 깨달은 자의 피켓을 들고 신촌 굴다리 아래 동숭동 마로니에 공원 앞에서 끄적대기를 깔고 앉았을 때 "시건방지게" 이 나라의 최고 정신적

지도자 불교 조계종 종정 성철 스님을 찾아가서 아래 법당에서 3천 배 절을 하고 만나서 "산은 산이요. 물은 물이로다"의 법어 나의 해법으로 "산은 썩은 오물의 벌레 천국이요. 물은 벌레를 키우는 감로수이다"로 감히 성철 스님과 나의 깨달음을 견주어 보려는 어리석은 때도 있었노라고. 젊은이들에게 말해 주는 것이다.

그 어리석음이 또한 나에게 썩은 거름이 되어 이슬을 머금고 찬연한 아침이 오더이다라고 말해주면 어떨까요~잉! 돌이켜보면 그 시대, 이 나라에 성철 스님, 법정 스님, 김수환 천주교 추기경님 같은 분이 진리의 정신적 영혼이 살아 있었기에 젊은이들이 죽음을 각오하고, 독재에 맨몸으로 싸워 오늘의 자유 민주주의의 꽃봉우리를 키웠는데 지금의 불교나 예수교의 지도자들이 허례허식과 욕심, 욕망에 양가죽을 쓴 늑대 같으니 현실의 젊은이들이 어른다운 어른을 만나보지 못하였다고 한다면 이 지구촌의 깨어있는 젊은이들에게 정신적인 신앙을 어떻게 믿으라고 할 것인가? IT 4차 산업 혁명의 모든 것이 데이터의 시대, 나의 5차원의 깨달음의 데이터는 우주 무한의 세상 신의 데이터는 ☼ 순수이다. 젊은이들이여 더 나은 새로운 창출을 하라 열두 지옥의 죽음 속에서도 생명이 살아있으면 신에게 감사하고 다시 죽임에서 일어나라. 할 일이 생각이 안 나거든 새벽에 일어나 하늘을 보며 생명을 준 신에게 감사하고 남북통일과 세계평화의 바람이라도 하라. 그러면 젊은이들이여, 안녕~ 아듀~!

12월 27일 수요일

우주 그리고 생명 여러분 신기하고 신비하지 안 남요. JTBC 12월 27일 밤 9시 30분 이명현 교수님의 전파 천문학 DVD 강연 스타 더스트(허블 우주 망원경)를 보며 우주의 세상이 신비하다. 인간의 과학도 참으로 놀랄 만큼 와있는데도 우주를 알기에는 아직 0.00000001%도 모르고 있다니 아이러니하다. 신의 창조 우주 세상 그 장엄한 예술 앞에 우리들은 그저 와~우밖에 할 말을 잃어버린다. 보이저 1호, 2호가 엄청 빠른 속력으로 40년이 지난 지금도 우주를 날아가며 우주를 향하여 어느 행성 들리는가? 여기는 은하계 태양계 지구촌에서 날아왔으면 감이 잡히면 응답하라 여러 가지 이티(ET)의 목소리를 내며 아직도 날아가고 들려오는 전파들을 지구촌 스타 더스트에서 잡아내어 음률을 확대한다지 않는가. 인간의 생명체가 고작 90세 100년밖에 못 살 텐데. 젊은이들이여 짧다고 생각하지 않는가. 그중 선택받은 지구촌의 자연의 신비함을 TV로 보며 느끼는 실물로 보면 30배는 더 좋겠지만 나는 돈이 없어서 못 가도 과학의 덕으로 TV를 고맙게 보고 느끼니 이 좋은 횡재가 어디 있겠나. 아쉬운 점이 있다면 내가 죽어 저승에 갔을 때 어느 나라에서 왔소 하고 물을 때 떳떳하게 지구촌 동방의 아침나라 삼천 리 금수강산 한민족의 자손이요. 요로코롬은 되어야제 젊은이들 안 거런감요. 요로코롬 젊은이의 영혼을 꼬드긴 죄 형법 사형 사약을 소크라테스님 같이 받으라면 나도 사약을 받겠소.

생명으로 태어나면 인간은 백 년이면 누구나 똑같이 죽어갈 것이요. 조금 더 살은 덜 살고 죽은 들 아침에 도를 깨우치면 저녁에 죽은들 어떠하리? 공자님 말씀이요. 의로운 죽음은 가문의 영광이요, 민족의 횃불임을. 젊은이들이여 정신이 깨어나자. 남북통일과 세계 평화를 위하여! 신의 은총이 있기를 기도하자.

2017년 12월 31일 일요일

아~듀! 잘 가거라. 기해년 닭띠의 한 해여. 그 속에서 나는 아픈 몸을 이끌고 여린 나의 문학에 매달려 8번의 홀로 탈고 끝에 그래도 개꿈일지라도 희망의 꿈속에서 후회하지 않을 1년의 길고도 짧은 세월을 보냈는데 한민족 삼천 리 금수강산은 전쟁의 일촉즉발의 불안 속에 떨고 있었구나. 11월 29일 밤 0.3시 17분에 북한에서 쏜 화성 15호 ICBM 미사일은 일본 영공 위로 날아가서 정확히 태평양 위치 지점에 명중했다. 미국 국무장관이 한반도에 무서운 먹구름이 몰려오고 있다, 교황님이 한반도의 위기 상황을 무탈하게 해달라고 하느님에게 큰 기도를 드리겠다고 했다.

미국의 트럼프 대통령님은 모든 군사 옵션을 실제 상황으로 미국민 철수와 동시에 북한의 핵시설에 1격으로 파괴, 최고 통치자 수색 암살의 옵션을 정리해 있고 트럼프 명령으로 항공모함 죽음의 백조 비행 대대가 일본 근해까지 와 있다고 했다.

북한의 최고 영도자 김정은 위원장님은 미국의 추적을 피해 공식 석상에 나타나지 않을 만큼 한반도는 긴장의 위험 수위다. 전쟁은 절대 안 된다. 한반도에 전쟁이 일어나면 일본이 미국 편을 들 것. 중국과 러시아가 나설 것이고 영국과 프랑스가 미국 편을 들면 아~ 한반도여 너는 죽음의 땅으로 핵무기의 무서운 죽음에서 후손들에 기형의 짐승만도 못한 참혹한 인간이 태어나고, 탄저균의 세균 전쟁에 한민족은 썩은 인간의 육신이 쓰레기만도 못할 건데 3백 년은 이 땅에 생명체 하나 풀 한 포기, 물고기 한 마리 온전한 생명이 없을 터인데 한민족이여, 젊은 이들이여, 전쟁은 안 된다.

신이시여! 죽음에서 생으로 『통일의 대박꽃』(시혼과 투병 일기) 내 문학의 여린 종이학이 세상에 나와서 나의 민족 삼천 리 금수강산을 훨훨 날아서 통일의 대박꽃과 세계평화를 이루게 하소서. 아픈 인고 속의 2017년 기해년 닭띠의 해여, 그래도 무명 시인에게는 꿈이 있었기에 먼 훗날에 행복일 거야. 그렇지~ 암! 그렇고 말고~ 잉! 아~듀여!

2018년 무술년 황금개띠의 해

2018년 1월 1일 월요일

무술년 60년 만에 돌아온 황금 개띠의 해.

새로운 해의 찬연한 태양이 황금빛으로 떠오른다. 2018년은 한 사람의 성좌가 탄생 하려고 하늘이 내려오고 블루문의 슈퍼 보름달이 뜨고 슈퍼 초승달이 내가 신-◇-에게 기도하는 0.3시에 당산동 내 집 앞에 뜨고 6월 15일에는 0.3시에 3번의 번개가 여의도 쪽에서 내리친다. 7월에는 개기 월식이 일어나고 금세기 최고 가까이 화성이 지구 가까이 다가와서 3대 ① 석가모니 불, 부처, ② 예수 그리스도, 하느님 천국 ③ 무명시인 장용득의 신-◇- 순수의 빛을 축하로 신비의 우주쇼를 하늘에서 해주고 있다. 별똥별 페르세우스 유성우가 130년 만에 지구와 가까이 내려와 밤 새벽 하늘에 수없이 빛을 내고 지나가고 삼천 리 금수강산 철원, 하얀 눈이 덮인 야산 비탈밭에 흰 꿩 한 마리가 나타났어. 이 민족의 행운을 알리는 성좌를 축복해 준다.

지구촌은 최악의 가뭄과 홍수 화산이 폭발하고 지진으로 쑥대밭이 되고 종교를 빙자한 가짜들이 판을 치고 인간 사람들의 정신이 혼미해 이상해져 있고, KBS TV 《불후의 명곡》에서 어느 가수의 노래에 하늘을 우러러 애원하듯 하느님! 이제 제발 좀 잠 그만 주무시고 일어나시어 인간의 뇌를 조율 좀 해주세요, 절박한 지구촌의 만물의 영장으로 자처하는 사람들을 두고 하는 말이다. 이런 말이 있다. "난세에 군자가 나타난다." 내가 신에게 빠락빠락 대드는 것은 성좌나 군자가 나타날 때는 좋은 곳, 좋게 아름답게 태어나야지. 왜? 난세에 지구촌이 풍비박산이 나게 하고 군자나 성좌가 태어나게 하는 겁니까? 새싹이야 썩어서 거름이 되어야 새싹이 찬연히 돋아난다고 하지만 사람은 아이큐가 천재로 태어나면 될 터인데, 요부분은 다음에 신에게 물어보고 답변을 드려야 할 것 같아요. 지금은 제가 바쁘거든요.

1월 1일 무술년 새해 낮 오후에는 안산 정상봉에서 사방을 돌아보고 하늘의 신에게✧ 기도를 올리고 나의 문학 책이 나오면 베스트셀러와 노벨 문학상까지 날고 남북 통일과 세계 평화를 신의✧ 빛이 안산 봉우리에서 기도를 드리는 이 무명 시인에게 내려 주오소서.

무술년 1월 1일 무명 시인 장용득

북한의 최고 영도자 김정은 위원장님의 신년사를 보고 나는 깜짝 놀랐다.

아~ 이 민족 3천 리 금수강산에 기여히 찬연히 통일의 해가 떠오르는구나. 신이시여! 감사합니다.

나는 TV를 보며 혼자 박수를 치며 울고 있었다.

2017년 12월 마지막까지 한반도의 핵과 세균의 전쟁으로 온통 썩고 죽고 기형아의 참혹한 비극을 맞을 찰나에 북한의 최고 영도자 김정은 위원장님이 아~ 이러면 안 되겠구나 한민족끼리 너무 먼길 혼돈의 세월에 살았구먼. 이러면 안 되겠다~야! 이제라도 정신을 차리고 통일을 해야겠구나.

한민족을 모두가 잘살게 해야겠구나. 세계 평화가 오면 핵무기는 필요가 없겠구먼. 야~! 내래 핵무기 치우고 통일하자꾸나.

하늘엔 슈퍼문 보름달이 뜨고 이 민족엔 백의민족인 한민족의 땅에 하얀 눈밭에 흰 꿩, 한 마리가 나타났고 좋은 행운의 징조이다.

2018년 무술년 황금개띠의 해 1월 1일 북한의 최고 영도자 김정은 위원장님의 신년사를 보며 아~ 신이시여! 뭔가 오기는 오는 겁니까?

아리송하다니까요~잉! 암만! 한민족 통일의 꽃이 피긴 피겠지~앙~암만요!~잉!

북랩 출판사에 나의 실수

2018년 1월 3일 수요일

북랩 출판사에서 아침 9시에 반가운 전화가 왔다. 『통일의 대박꽃』(시혼과 투병일기)의 글이 책으로 편집과 디자인 모두가 끝났으니 선생님께서 한번 검토해 보시고 ok 하면 앞으로 7일 이내로 출판이 완성되고 약속한 대로 교보문고 판매에 들어가고 국립 중앙도서관과 국회 도서관에 기증, 등록될 거란다. 아~ 신이시여! 또 한 번 감동. 나의 문학이 드디어 세상에 나오게 된단다. 내 생각에는 내가 검토해보면 시간만 더 걸릴 것이니 북랩 편집인분들도 대학의 국문과 출신들일 텐데 문학 편집 한두 번 해본 것이 아닐 텐데, 어련히 잘해 나오겠지 하고 그냥 그대로 책을 찍으세요, 내 딴에는 하루가 급해서 독촉을 했고 출판사에서는 그래도 선생님이 검토해 보셔야 한다는 말에도 나는 그대로 출판하라고 한 것이 낭패였다. 1월 10일 오후 3시 20분 북랩 출판사에서 전화가 왔다. 선생님 책이 출판이 완료되었습니다. 선생님 앞으로 배당된 50부는 우편으로 부쳐 주겠단다.

나는 선걸음에 달려갔고 50권을 택시에 싣고 금의환향하는 암행어사가 되어 남원으로 춘향이를 만나러 가는 것보다 더 감격스러웠다. 날씨는 금년 들어 가장 추운 날씨라고 일기예보 말이 딱 맞다. 나의 문학 ,내 새끼들 얼라들이 태어난 고척교 다리 옆길로 택시가 달릴 때 뚝방에 사지가 짓이겨진 사마귀 벌레의 무덤을 만들고 하얀 감창풀꽃과 하얀 햅뜨게 꽃을 꺽어 무덤 앞에 놓아주고 묵년 3배 올리고 해 저물고 어둑어둑해서야 내 사무실로 돌아왔던 그 사마귀 벌레가 무덤에서 3식구가 나와서 나를 환하게 반겨준다. 아마도 하나는 아내를 맞이했나 보다. 어린 사마귀는 새끼를 낳았나 보다. 고척교 가로등 불빛 속에 비에 젖어 나의 뒤를 보고 있던 나의 사랑 로징냐여, 너는 아직도 못 떠나고 나를 바라보고 있느냐 나의 시 문학이 세상에 알려지고 무명 시인의 이름이 날거든 내가 고척교 다리 위 뚝방을 찾을 때 곧 올 거야. 그때 우리 눈물을 흘리며 회포를 풀어보자. 나의 사랑하는 무명의 시혼들아.

홍분한 기쁨의 마음으로 몇 권은 이대 목동병원 김태현 교수님에게도 보내고, 몇 권씩 친지 가족에게도 부치고, S대 집안 처갓집 손위 처남에게도, 러시아에 가 있는 아래 처남에게도 부치면 그동안 내 삶의 족쇄에 묶여 사위 노릇 제대로 한번 못 한 것을 내 책을 보면 이해를 하며 용서해주겠지.

지금은 저녁이라서 내일 오전에 부치기로 하고 우선 책을 꺼내서 1권을 아내에게 주며 그래도 너무나 어렵게 만든 책이고 내 평생 한을 이 책으로 모두 토해낸 것이니 읽기 싫어도 한번은 읽어보는 것이 도리가 아닌가 하고 주고 1권은 내 책상 앞에 앉아서 책을 읽는 순간 얏! 그것은 무꽃 배추밭인 줄 알고 철없는 어린 나비가 앉았는데 그 하얀 밭은 수평선에서 밀려오는 하얀 물갈기의 파도였다. 참담한 나의 실수였다.

아~ 하늘이 노랗고 죽음보다도 더 허망히 “총 맞은 것처럼~” 백지영 가수의 노래가 애절하다. 표현보다 총 맞은 큰 구멍에 내 몸의 피가 줄줄 새어 나가도 아프지 않는 애절의 허망함! “신을 믿지 말라. 신은 이 세상에 존재하지 않는다.”

그리고 글이라는 것이 아 다르고 어 다르다. 표현에 따라서 아, 어로 나눈다. 중앙대학교 국어 국문학과 문학평론가 교수님이 TV에 나와 자기 책에 사부님의 운운하신듯이 담긴으로 책에 썼는데 제자들의 항의가 "아니! 국어 국문학 문학 평론가 중앙 대학교 현직 교수님이 뜻으로가 맞는 것이지 듯이라고 잘못 국어를 쓰시면 되겠습니까." 하고 제자들이 자망. 자책, 자축을 하고 있단다. 하기사 나도 한때는 스프츠 댄스 강의를 할 때 영어를 잘 몰라서 숫자를 셀 때 원, 투, 쓰리, 포, 화이브, 식스, 세븐, 에이, 나인, 텐, 일레본, 이레본, 삼레본, 사레본, 오레본하고 열심히 가르치는데 사부가 어쩌다가 한번 틀리면 제자들은 그것이 재미있어 죽겠음! 하고 깔깔 삐삐 좋아 죽어요 ~잉!

자 - 아들자, 군자

좌 - 좌정좌, 성좌

뜻 - 그 내용물을 말하는 뜻이고

듯 - 사부님의 깊은 표현을 나타내는 말

가자 - 그곳에 가자

가즈아 - 여럿이 모여 가보자의 뜻을 가즈아로 군중을 일으키는 뜻

산만디 - 산 꼭대기의 경상도 사투리로 산만디에 올라서 내려다보니

산 정상 - 표준어라 재미가 없다

똥녀 - 똥같이 더러운 여자 혹은 걸레 같은 여자를 말함

똥녀 - 요상히 똥샘새를 야리끼리하게 풍기며 잡지랄 다 하는 여자를 말함

돼지! 꿈 꿍꼬또 잠꼬대 콧방울 방긋방긋 올리며 짬빵통 생각뿐!

그리고 각 페이지마다 오자투성이다. 창피해서 차라리 책이 안 나오는 것이 나의 인격이 덜 멸시될 것 같다. 아내는 서너 장을 읽어보더니 책을 나에게 팽개치며 이것도 책이라고 내느냐 하는 꼴이 안 봐도 훤~하다 돈 내버리고 헛 ~고생 지랄났다고 하고 자빠지느냐. 나는 억장이 무너지고 할 말을 못 하고 "총 맞은 것처럼" 피가 흘러 빠져 나가든 말든 멍황스럽다. 내가 하는 짓이 내 딴에는 뒷곰배의 머리 좋은 꿈에 부푼 희망으로 일을 열심히 최선을 다해 하건만 평생 나에게 돌아오는 결과란 이 모양 이 꼴이니 어찌하면 좋나요. 밤새 지옥 같은 밤을 응어리를 가슴에 안고 한숨도 못 자고 여윈 몸과 마음으로 새벽 6시에 책상에 다시 앉았다. 표지부터 다시 고치고 틀린 페이지마다 고칠 것을 책과 메모지에 표시를 하였고 꼬박 하루를 책상 앞에 앉아 불안과 초조함과 창피함의 하루가 저물어 갔다. 책 1권을 읽고 고치는 것이 또 한밤을 꼬박 새워야 한다. 여명의 새벽이 밝아온다. 1월 12일 아침.

아직 출판사 직원들이 출근을 안 했겠지 출근하기 전 바로 본부장님을 만나야 한다. 행여 어제 바로 교보문고나 도서관에 배포되었다면 회수를 시켜야 된다.

초판 인쇄가 200부 이상이라고 했는데 모두 폐기해야 한다. 작년에 당산동 내 가게 400평 월세 천만 원 권리금과 시설비 3억 이상이 들어갔는데 한 푼도 못 받고 보증금도 내 몸이 병원에 있는 동안 월세를 까고 조금 받은 돈으로 은행에 넣고 매달 집에 생활비 150만 원씩 주고 지금 남은 돈이 통장에 6백만 원이 남아있다. 딸랑거리는 내 가정 생활비가 앞으로 막막하지만 나도 모르겠다. 이 똥고집을 누가 막으랴.

아침 8시 길 건너 국민은행 지점에서 현찰 5만 원권으로 2백만 원을 찾아서 지하철을 타고 가산디지털단지역 북랩 출판사에 찾아갔다. 책이 마음에 들지 않고 잘못됨을 이야기했지만 출판사에서는 그래서 작가 선생님에게 검토를 꼭 하셔야 된다고 말하지 않았느냐고 할 때 모든 것이 나의 잘못이다

나는 책상 위에 현찰 2백만 원을 내놓으며 나의 불찰이니 많이 불편하고 수고스럽지만 제 일생의 소원인데 새로 할 책의 고칠 것과 디자인도 설명했고 나의 책을 편집한 남자에서 여자로 바꾸고 나는 역시 여자복이 많아서 여자분들이 더 친절하고 내가 창출하지 않았던 부분도 창출해주었고 천고의 고민이 해결되는 것 같았다. 출판사에서는 시간이 좀 걸리더라도 내 뜻대로 해주겠다고 했고 돈은 미안한 듯 받지 않을려는 듯 얼버무리는 심정을 우쩌겠소. 결국 출판사에서 영수증을 나에게 주며 경비를 계산하고 남으면 돌려 드리겠다고 했지만 자! 여러분 실패를 했기에 돈은 2백만원이 들어갔어도 디자인도 좀 더 이뻐졌고 통일 페이지에 새로 추가되는 글이 내 책 속에 삽입이 된다면 그까짓 돈 이백만 원이 아깝지 않을 것이잖아, 독자분이 조금 더 감동을 받을 수 있을 터인데 말이예유!

평생 가난하게 살아가야 할 이 성격 이 팔자를 우예하믄 좋노! 정말 살아있음이 괴롭다. 그렇다고 죽을 자신도 없다. 버팅기자 멀지 않아 분명히 또 웃을 날이 올 것이라는 것은 100% 알고 있지만, 귀신을 속여도 아내는 못 속이는 이 현실, 이 인간아 또 얼마 갖다 줬노 하고 넘겨잡고 물을 때 나는 또 괴롭다 절망! 그로 하여 더 낳은 나 자신의 씨앗을 만든다. 나는 신◊에게 감사의 기도를 올리며 신◊ 앞에 철없이 떼를 쓰며 신을 믿지 말라! 신은 이 세상 천지에도 없다고 한 것에 겪연쩍어 뒤통수를 만진다. 신은 나에게 기적은 주지 않아도 우주 어느 어둠의 지옥에도 그◊ 빛이 있다.

사람이 동물과 다른 점은

2018년 1월 6일 토요일

1. 동물과 인간은 깨달음(아이큐)이 다르다. 이 세상은 아이큐가 높은 동물이 세상을 지배하고 먹이 사슬이 된다.
2. 더 좋은 미래를 창출 생각하며 새로운 과학과 예술에 연구 노력한다.
3. 참을 인. 참을 줄 알고 만인이 공존할 진리의 법을 만들고 법을 지킬 줄 안다.
4. 전생의 유전자적 기를 알고 현생에 좋은 정신으로 고칠 줄 알고 후생에 업보에 자업자득의 유전자 기가 지구촌 혹은 우주 신◇의 순수의 빛에 속한다.
5. 인간 사람은 보이지 않는 세상에도 깊이 정신의 기를 연구하기에 기적도 주지 않고 맛도 없고 멋도 아무것도 없는 신◇의 순수의 빛을 존중하고 숭배할 줄 안다.

요즘은 TV에서 세상의 최고를 깊이 있게 방영하기에 세상을 보고 좋은 것은 메모를 하며 나의 공부를 많이 하고 있다. 옛날에는 이 땅의 악이 나의 스승님이었는데 요즘은 TV가 나의 스승님이다. 《EBS 초대석》, 《명견만리》, 《차이나는 클라스》, 《도서관에 가다》, 《인문학 강좌》 등등 대한민국의 미래에 대한 강좌에 대한민국의 최고의 학자와 명교수님과 많은 지식인님이 총망라되어서 세계 속의 한국을 토론, 열변, 유행하는 시대이다.

나는 요즘 TV에서 명교수, 지식인 님의 강의와 토론을 보면서 나의 공부를 쌓아 올리고, 좋은 것 메모도 하고, 매번 초빙 교수님의 강의와 나의 깨어남을 비교해보는 못된 습관이 있다. 못된 습관화란? 대한민국의 명교수님의 강좌는 한 톨의 씨앗이 겨울의 혹한 아픔을 견디고 썩음의 내가 아닌 타의 모든 태양의 빛과 이슬물, 공기, 삼라만물의 아픔에서 나의 생명체 하나가 태어났으니 사람은 자연의 만물과 만상과 공존하며 살아가야 은혜로운 사람이란다. 요로코롬 이 쪼지리같이 새로운 창출의 자아를 강의하지 않고 역사에 누구누구가 공자왈 맹자왈 역사를 읽어주는 그런 강의를 하고 있음에 한심하다. 그러니까 천재의 젊은이들의 창출, 창의, 자아의 신비로운 이 지구촌과 세상을 못 깨닫고 자살을 하겠지요.

"한 가지 예를 들어 볼게요."

IT 4차 산업 혁명 시대가 지금 우리나라에도 도래하고 있는 중인데 앞으로 현재의 많은 직업이 없어지고 새로운 직업을 선택해야 하기 때문에 지금부터 우리 젊은 세대들이 준비하지 않으면 안 된다고만 강의하고 젊은이들이 그러면 저희는 어떻게 준비를 해야 하는 것이냐고 질문을 하면 유명 교수님은 또 세계 누구누구를 예를 들면서 공자왈 맹자왈 젊은 청년들의 창출, 창의, 자아의 희망을 깨우쳐주는 씨앗 알맹이 없는 강의만 하고 돈 많이 받고 가니까 그래도 박수라도 쳐주어야 싸가지 없다고 말 듣지 않겠지 그러시는 분도 있겠죠~ 앙!

미국의 헌법 제1조 1항

어린아이가 풀잎을 뜯어서 세상에 뿌리면서 이것은 무엇입니까? 무한의 창출 인간이 신비의 세상을 연구해 가야 할 창의 그 속에 ◈ 순수 데이터 속에 육체와 정신의 아름다움은 어디서 오는가? 자아를 깨달다(데이타)에서 타인과 비교하는 5차원의 세상이 도래하고 있음을 우리 모두가 고통과 아픔 속에 새싹이 움트고 힘든 속에 행복이 있고 만물의 반장인 사람으로 태어났으니 힘으로 남을 죽이고 눌리지 않고 사랑으로 이끌고 인성교육으로 창출, 창의, 자아를 깨달아가게 교육해 나가야 되지 않을까요~잉! 또 이 쫀지리 조동아리를 쬐금 놀려 됐구먼요~잉!

2018년 1월 10일 수요일

문재인 대한민국 대통령님 촛불의 민심으로 탄생하신 분의 첫 신년사. 민심은 천심으로 촛불의 힘 영혼이 하늘을 감동시켜 대통령 문재인님이 당선되셨다. 2017년 3월에 현직 대한민국 대통령 박근혜를 파면한다. 헌법 재판 소장 이정미. 어쩌면 통일을 앞당기려는 신의 운명인 줄도 모른다.

문재인 대통령님의 첫 신년사에서 남북의 통일 한민족의 염원을 그리고 세계 평화 무드의 조성을 평창 동계 올림픽으로 씨앗을 만들어 심고 봄이 오면 새싹을 삼천 리 금수강산에 움을 틔우자. 와~우 문재인 대통령님 파이팅! 저는 투표 때 딴 분을 찍었지만 미안합니더. 대한민국은 자유민주주의 법 질서의 나라로 참으로 대단하다. 세계역사상 그렇게 많은 시위대가 한두 번, 세 번도 아니고 매주 토요일마다 촛불 집회가 30회를 넘게 하고 반대파 태극기 집회와 충돌이 아슬아슬함과 싸움 없이 진행이 세계 역사상 처음으로 기록을 기네스북에 올랐을 것이다.

민주주의란! 국민이 뽑은 대통령님은 국민을 위한 정치를 하는 것, 문재인 대통령님은 국민의 한 사람까지도 정당성에 의하여 국가가 끝까지 책임지는 정치를 누누이 투철히 노력하고 있음이 지금까지는 그 진실함이 보인다. 대한민국 지식인님들도 너무 잘하고 있다. 무섭도록 잘하고 있는데 과연 임기가 끝날 때까지 잘해야 될 텐데 걱정스럽다. 요 쫀지리도 한 말씀 빠지면 헛튼 소리 조댕이 무어라고 할 건데 궁금하시죠~예~잉!

이 민족의 역대 대통령님들의 비운은 딱 한 가지뿐입니더. 요 한 가지 잘못으로 감방 가고 총 맞고 귀향살이 도망가고 대통령을 박탈당했죠. 한두 분 대통령님도 아니고 모두가 지옥으로 갔다면 이민족을 위해서 진정 한 분의 대통령님이라도 천당에 가셨어. 신에게 이 민족에 은혜를 요청해야지요. 이 정도는 되어야 민족의 위인으로 동상을 세우고 국민의 찬양을 받을 사람 사는 나라라고 말할 수 있는 것 아님감요.

"어~이! 쫀지리 그 한 가지라면 누가 못 지킬까." "뭔데! 뜸들이지 말고 말해 봐~유~잉!" "저가! 말 안 해도 7살이 되면 사람이면 다 알고 있는 것인데 뜸 들이고 말고 할 게 뭣 있남요, 교회나 절에 가면 맨날 하는 소리가 그 소리고 하도 들어서 귀에 딱지가 앉았구먼요." "자기 욕심을 버려라!"

러시아의 톨스토이 같은 철학자가 없다, 한민족의 대통령님으로서 최고의 명예를 얻었으면 무얼 더 바랄 것인가." TV에서 강수돌 경제학 박사님의 공존 원리의 법칙을 듣고 모처럼 좋은 강연을 들었다. 인간의 만물의 반장으로 세상을 경제학 또한 공생공존의 철학을 마음에 두고 있었기에 유명한 경제학자 박사님이 되셨구나. 존경스러웠습니다. 현재 우리나라 경제학자 유명한 박사님 정도면 모두 강남의 수십억 아파트에 살거나 의리 빵빵한 저택에서 최고급의 자가용을 타고 더 욕심으로 가족들까지 떵떵거리고 살아갈 욕심에 있을 터인데 강수돌 박사님은 경제도 사회의 세상에 돌아가는 원칙으로 내가 주인이 아니고 네가 주인이 아닌 공동체로서 각자 맡은 일에 젊음이 있을 때 열심히 일해서 공동체를 함께 더 발전시키고 키워나가는 것이 인간의 의무가 아닐까 하고 모처럼 내 마음에 와닿는 강의를 하신다.

더 소박한 강수돌 박사님의 바람은 누구나 사람으로서 젊을 때 열심히 일해서 정년 퇴직하면 생명체의 가장 소중한 제1의 숨쉬기 운동에 좋은 공기 마시고, 경치가 조금 좋은 곳에서 호화스럽지 않은 집 한 채와 간혹 가족과 여행 한 번씩 갈 수 있고 손자 손녀들이 오면 용돈 조금씩 줄 수 있고 자기가 운전할 수 있는 자가용 한 대 있고 서점에 가서 읽고 싶은 책을 살 수 있는 정도면 사람으로 태어나서 꿈을 이루었다고 떳떳하지 않을까요, 소박한 경제학 학자님에 감동받았고요.

허지만 또 요 쫀지리의 생각에 강의의 아쉬운 점은 씨앗을 빼놓으신 것 같습니다. '자아의 깨달음' 자기의 아름다움과 타인의 아름다운 인간 모습의 데이터로 비례를 해서 명확한 답으로 누구가 진실로 아름다운 것인가를 확인하는 것이다. 예를 들어 강수돌 박사님 같은 소박한 꿈이 이루어진다면 세상을 관찰할 줄 안다면 강남의 수십억 집 사고 떵떵거리면서 생명이 더 오래 사는 것도 아닌데 모두가 허영의 욕망이 내 육체와 내 영혼이 더 건강해지는 것이 아닐 텐데 무얼 욕심을 내십니까?

진화론의 시대가 허기지고 악착같이 돈 벌어서 남에게 자랑하고 떵떵거리던 시대의 세월이 지나가고 있음을 우리 인간은 눈을 뜨고 서로를 새싹 인간의 5차원의 새싹이 돋아나려고 세상이 온통 미투 운동에서부터 인간이 세상이 깨어나고 있음을 한민족이여 신의 이름으로 죽음에 깨어난 무명 시인으로 한민족 삼천 리 금수강산이 깨어나서 남북통일과 세계 평화의 씨앗이 동방의 아침 나라, 독도는 동방의 아침 나라, 동쪽 섬은 한민족의 아침을 깨우는 우리의 영토임을 명심하여야 하는 것 아닌가요~잉!

"감히! 이 나라 대통령님이신 문재인님에게 글을 쓰고 비방의 말을 한다는 것은 지금까지 역대 대통령 시대에는 어림 반푼 병신이 되어야 했다면 그것이 곧 독재의 잔제가 남아 있었다는 증거가 아니겠습니까." 분명하건대, 미국의 자유 민주주의보다 뛰어난 새로운 한민족을 만들려는 의지에 깊은 감명을 드립니다. 새로 한민족에 5차원의 새로운 새싹의 역사에 씨앗을 심겠다는 문재인 대통령님의 뜻이 진실함이 보이기에 이 쫀지리 또 훈수 나불대는 것 흘려버리십시오. 과거의 잘못을 인정하고 죄의 대가를 치르게 하는 그래서 앞으로 누구든 죄를 지으면 안 된다는 인식을 심어주기 위하여 적폐 청산을 제일 목표인 것을 알고 있습니다. 하지만, 지혜는 지식보다 앞선다. 인간의 진화론에서 운이 없게 일본놈들에게 36년의 나라가 빼앗겼고 그중에서도 삼천 리 금수강산의 어머니의 산 명산의 정기에서 위대한 인물이 태어난다는 것을 일본의 정신적 척사가 용케 알고는 명산마다 쇠말뚝을 박아 명산의 정기를 끊어 놓은 한민족의 영혼을 죽인 철천지 웬수 땜시 한민족의 형제끼리 싸우고 웬수 지고 혼돈의 세월 속에 조금씩 깨워와서 오늘에 촛불의 민심이 천심을 움직여 통일의 기로 앞까지 온 것을 한민족은 꼭 알고 있어야 할 것이다.

불운하게도 이 나라의 초대 대통령 이승만 시대의 깡패 독재부터 군부의 독재 전두환 대통령님까지 누군들 자유 민주주의의 본질이 그립지 않았겠습니까. 그 이후에도 자기 욕심과 독재의 잔재가 잘못된 지도자의 정신임을 알지만 이제 새로운 한민족 한 사람도 악이든 선이든 화합의 한 형제 한민족으로 함께 만들어 가는 것이 봉황이 참새의 뜻을 사랑으로 잘 이끌어 나가는 지혜가 으뜸이겠지요. 적폐 청산으로 이 민족의 똑똑하고 공부 많이 해서 아까운 많은 정치인님이 감옥에 가는 것 안타까운 일이나 잘잘못은 밝혀지고 큰 정치는 미래를 위한 도전의 정치를 하기 위하여 과거를 반성하고 용서의 정치를 해야 할 것이다. 원수를 사랑하라, 차라리 내가 十자가에 못 박혀 너희들의 아픔을 대신할 것이니 하나님, 저들의 어린 아직은 어리석은 양들을 용서하소서 "예수" 진실로 국민을 섬기겠다고 포부하신 문재인 대통령님! 통일의 대업 앞에 다부진 적폐 청산과 진정으로 국민을 위한 정치를 하신다면 죄는 벌하되 이 민족의 어버이 마음으로 용서를 하고 화합을 하고 똑똑한 사람은 결심으로 나라 일을 시키고 돈 많은 자식은 장모님, 자식이고, 죄인과 장애의 안타까운 자식은 내 자식으로 생각하신다면 이 민족에 큰 대통령 문재인님 동상이 역사의 도보 다리 앞에 세워질 것입니다.

잘못의 반성은 감방에 오래 산다고 교화가 되는 것은 아닙니다. 국회는 정치인의 죄에 법을 좀 고쳐서 형을 많이 줄이는 대신에 강수돌 박사님의 바람만큼 재산을 남겨두고 나쁘게 모은 돈을 몰수할 때 이 민족의 부정 부패가 없어질 것입니다. 문재인 대통령님의 임기 내에 통일도 되고 큰 정치 하시고, 모두가 건강 챙기시어 빠른 시일에 나올 수 있기를 문재인 대통령님에게 신의 가호가 있기를 이 무명 시인이 기도드립니다.

너는 봄의 새

2018년 1월 15일 월요일

너는 봄의 새

긴 겨울 앙상한 가지 위에 웅크리고 앉은 새 한 마리

어쩌렬 어쩌렬 몸살 감기에 머리 수건 동여 매고

봄을 기다리는 연약한 몸 한 사람의 삶

창호지 문 밀어 바깥세상을 보니

어느덧 땅 위엔 파릇파릇 새싹이 돋아있고

나무 위에 새 한 마리 어디로 날아갔나

아지랑이 한큼 한큼 피워올라 봄꽃 맞이 준비를 하는데

너 없는 텅 빈 봄

봄이 오면 뭣 하리 꽃이 피면 뭣하리

꽃이 피면 새가 우는 봄을 기다리면서

무명 시인 장용득

불교의 형상 조승연 강의

2018년 1월 18일 목요일

TV《어쩌다 어른》 프로그램에 조승연 인문학 강의를 보며 태국 불교의 전설 이야기 불교의 본 고향인 인도의 나라는 이슬람 주교, 기독교, 시아파교, 수니파교, 인드라신, 시바신, 마야신, 온통 신의 나라에 온 빈곤 속에 행복한 나라이다. 깨달음의 길을 고행으로 가는 이해할 수 없는 신들의 나라이다. 페르시아의 왕국에 별을 보며 점을 치는 페르시아 왕자 눈 감으면 찾아오는 신비, 하산의 대신과 술탄의 왕 저승사자의 운명은 피해 갈 수가 없다는 나의 철학과도 맞아 떨어지는 이야기이기에 이 글을 적어 본다.

불교의 깨달음의 진리는? 전생, 중생, 영생으로 우주의 흐림 기 속에 현실로 영원히 이루어지고 있음을 깨달은 것이리라 태국 불교의 나라에 한 전설의 이야기 어느 한 젊은이가 착하고 부지런하고 열심히 죽을 힘을 다해서 살았건만 평생을 남보다 더 열심히 살아왔건만 그의 운명과 팔자는 실패와 좌절 고난과 가난뿐이었다. 평생을 또 살아 봐도 이 꼴이 나의 운명이라면 차라리 죽는 것이 낫겠다 하고 죽음을 택하려 할 찰라 태국에 유명한 대승스님에게 나의 운명이 왜 그런지 한번 물어나 보고 죽더라도 죽어야 하지 않겠나 생각이 나서 그 대승스님을 찾아가서 물어보았다. 큰 스님은 대답하기를 너는 전생에 지은 죄 업보가 많아서 이승에서는 아무리 닦아도 모자란다고 말했다. 착한 사람은 다시 물었다.

그러면 전생의 업보를 중생에서 어떻게 닦아야 자기의 업보를 다 닦을 수 있는 겁니까? 대승스님 왈! 주장자로 착한 사람의 머리통을 한 대 때리며 이놈아! 그것을 내가 어찌 알겠느냐! 네가 직접 부처님에게 찾아가서 물어보렴! 이놈아! 내가 부처님이냐?라고 답했다. 착한 젊은이는 직접 부처님을 찾아 인도의 부처님의 깨달은 곳 보리수 나무를 찾아 길을 떠났다.

① 몇 날 며칠 또 밤이 되고 배도 고프고 날씨까지 추웠다. 젊은이는 어느 집 대문을 두드리게 되었고 주인이 대문을 열며 왜냐고 물었다. 젊은이는 사실대로 부처님을 만나러 인도를 가는 중이라고 말을 하고 밤도 되고 배도 고프니 추위에 하룻밤을 묵어갈 수 있을까 해서요라고 말했더니 주인은 부처님을 만나러 간다는 말에 반갑게 맞이해 주며 하룻밤을 재워주고 음식도 잘 대접 받으며 이 은혜는 꼭 갚겠다고 했다. 아침이 되었고 길을 떠나려는 그에게 주인

은 요깃거리를 넉넉히 싸주며 한 가지 간절한 부탁이 있다고 말했다. 젊은이는 은혜를 꼭 갚겠다고 했으니 부탁을 말하라고 했다. 주인은 머뭇하다가 딸이 하나 무남독녀 외동딸로 인물도 좋고 천하에 똑똑하고 착하고 나무랄 때가 없는데 말을 못 하는 벙어리가 되어 시집도 못 가고 저러고 있으니 부처님을 만나시거든 전생의 업보를 중생이 어떻게 닦으면 딸 아이의 말문이 트일지 꼭 소원이니 물어봐 달라고 했다. 젊은이는 어렵지 않은 부탁을 흔쾌히 승낙을 하고 또 몇 날 며칠을 걸었는데

② 이번에는 앞에 큰 강물이 흐르고 강물을 건너갈 방법이 없는 난관에 부딪혔다. 그때 강물에서 거북이가 한 마리 나타나서 강을 건네줄 테니 거북이 등에 타라고 해서 강을 무사히 건너와서 거북이에게도 고맙다고 인사하며 언젠가 기회가 오면 은혜를 꼭 갚겠다고 했다. 거북이도 꼭 한 가지 소원이 있다고 했다. 부처님을 만나거든 이 강물에서 천 년 동안 좋은 일을 많이 했는데 왜? 환생을 못 하고 아직도 강물에서 어려운 사람들을 태워 날라야 하는지 꼭 물어봐 주겠냐, 젊은이는 부처님 만나면 물어보는 것이야 뭘 어려운 일이 아니니 쉽게 승낙을 하며 꼭 물어보겠다며 머리에 메모를 했다.

③ 또 며칠을 가는데 겨울이 되고 앞에 히말라야 에베레스트 같은 설산을 만났다. 이 죽음의 설산을 넘어갈 수가 없어 좌절에 빠졌는데 그때 노인 할아버지 한 분이 지팡이를 짚고 이 산의 산신령님같이 나타나서 젊은이에게 이 산을 넘으려면 날으는 지팡이 위에 타고 내 등을 붙들고 있으라고 말했고 젊은이는 무사히 설산을 넘어오게 되었는데 이 노인 할아버지도 똑같은 부탁으로 부처님을 만나시거든 이제 나이도 있고 착한 일도 할 만큼 했으니 지겨워 죽겠

는데 왜 환생을 시켜 주지 않으시는지 꼭 물어봐 달라고 애원하듯 부탁하였다.

젊은이는 꼭 그렇게 하마고 머리에 메모를 하고 또 길을 갔는데 어느 곳에서 부처님이 이 젊은이가 올 것을 미리 알고 기다리고 계셨다. 젊은이는 부처님께 절 3배를 올리고 조금 휴식을 취하고 부처님이 내놓은 감로수 맑은 차 한잔을 얻어 마셨고 부처님은 젊은이에게 왜 나를 찾아 왔는지 다 알고 있으니 신의 약속은 3의 숫자이니 3이 넘으면 모든 공든 탑도 무너지는 것이니 너의 가슴 속에 있는 질문을 막 3가지만 말해 보라고 했다.

착한 젊은이는 자기의 질문은 생각도 안 하고, 뇌리에 메모해둔,

① 무남독녀 외동딸의 사연을 물었다. 부처님의 답! "그 똑똑하고 착한 아이는 아직 세상의 때가 오지 않아서 그렇다. 때가 오면 세상에서 똑똑하고 착한 남자와 우연히 인연으로 만나게 될 것이다. 그 때에 그 집 딸은 말문이 트이고 좋은 신랑감을 만나게 되어 있으니 평생 착한 보시를 하며 잘 살라고 전해라."

② 큰 강물에서 여러분 사람들을 태워 나르는 착한 거북이의 사연으로 2번째 질문을 했다. 부처님은 자기 욕심을 다 버려라. 자기 욕심이 무거워서 환생을 못 하니 거북이 등껍질 속에 감춰진 보물 보석들을 남을 위해 모두 주고 나면 마음이 가벼워서 환생을 한다고 전해라

③ 부처님은 이제 질문을 한 가지만 더 하라고 하셨고 젊은이는 순간 멈칫했다.

정작 부처님을 죽을 힘을 다해서 찾아온 것은 자기의 운명을 물어보려고 왔는데 죽음의 설산을 죽지 않고, 살아서 산을 넘었기에 부처님을 만나게 된 은혜와 자기의 운명을 알고 가는 것과 어떤 것이 중요한 기로에 빠졌다. 여기 이 무명 시인 쫀지리가 평생을 살아온 뒤안길을 보면

모두가 나보다 남을 위해 살아온 것이 사실이고 나보다 내가 위하는 사람이 나보다 잘되면 그것이 나에게는 더 큰 기쁨이였거든요. 그래서 너는 평생을 가난하게 살아갈 팔자라고 형님이 늘 안타까워했거들랑요~잉! 허지만 어쩌겠소. 그렇게 태어난 것을 못 고쳐요. 고쳐지지가 않거들랑요~잉~ 암만!

그래서 이 젊은이의 3번째 질문을 어떻게 했을까요~잉? 말하지 않아도 정답은 나와 있고 여러분도 정답을 아시겠죠~잉!

부처님은 산신령 같은 노인은 나는 지팡이에 애착이 있기 때문에 환생을 못 하니 그 지팡이를 남에게 줘 버리면 환생한다고 전하여라. 이제 젊은이의 질문 3가지 모두가 끝났으니 잘 돌아가라 하더니 순간 흔적도 없이 부처님은 "펑" 하고 사라졌다.

젊은이는 허망했다. 이번에도 죽을 고비를 넘기며 부처님을 찾아왔는데 어쩌다 보니 자기의 중요한 질문은 못 하고 남의 부탁만 듣고 하는 수 없이 도로아미타불로 허망히 돌아오는 길에 ③설산의 노인을 만나서 부처님이 날으는 지팡이에 애착을 버리면 환승하실 거래요. 그 지팡이는 남에게 주어 버리래요. 노인은 한참을 생각하더니 그러면 여기에 남은 너밖에 없으니 이 지팡이는 네가 가져가라고 젊은이에게 주자마자 영화에 나오는 기적같이 펑~ 하더니 노인은 영생의 나라로 초승달의 조각배를 타고 환승의 나라로 가버렸다.

젊은이는 마당 빗자루 같은 나는 지팡이를 타고 갠지스 큰 강가에 내리니 ② 강을 건네준 거북이가 기다리고 있다가 부처님에게 꼭 물어보았느냐고 했다.

부처님이 거북이 등 속에 숨겨둔 금은보화를 한 개도 남겨 놓지 말고 남에게 다 나누어 주면 환승할 수 있다고 전해라 하더이다. 그 말을 듣고 거북이는 조금 생각을 하더니 여기는 사람들이 없고 젊은이가 나는 지팡이도 있으니 나의 금은 보화를 집에 가져가서 젊은이도 좀 가지고 나머지는 남들에게 나누어 주면 사람들은 젊은이에게 은혜를 입었다고 좋아하며 젊은이는 평생 착하고 좋은 사람으로 중생에 명예를 얻을걸세 하며 금은보화를 젊은이에게 모두 주고 나자 "펑" 하며 거북이도 환승을 했다. 날으는 지팡이에 금은보화를 싣고 ① 첫 번째 배고픔과 추위를 녹여주던 집에 왔다. 집 주인은 반갑게 젊은 청년을 방으로 모셔서 부처님에게 저의 딸을 물어보았느냐고 했고 젊은이는 부처님이 말씀하신 대로 따님은 어느 때가 되어 우연한 만남이 인연이 되어 착하고 좋은 신랑감이 나타나야만 그때에 말문이 트이니 천생연분의 신랑감이 나타날 때까지 기다려라고 말하자 그때 건너방에서 천하일색 양귀비는 시아버지하고 붙어서 안 되고, 마릴린 몬로도 마약도 했다 하고 캐네디 전 대통령님과도 스캔들이 있어서 안 되고 클레오파트라도 너무 색녀라서 착한 사람은 데이터로 정력이 쬐금 약한 편이라서 색녀하고 살면 수명이 단축되어서 안 되고 좌우지간 예쁜 아가씨가 사뿐히 걸어와서 착한 젊은이에게 큰절을 한번 올리고는 저를 아내로 받아 주십시오. 오늘이 오기를 낭군님이 무사히 부처님을 뵈옵고 오기를 손꼽아 기다리고 있었습니다. 하고 말도 얼마나 얌전히 또박또박 잘하는지 요즘 햇 가시내들같이 "네가 나를 멍 때리는데 난들 너를 배반하지 말라는 법이 있느냐?"고 빠락빠락대는 남조선 날라리 아가씨들하고는 차원이 달랐다. 이 이야기는 비록 실화는 아니지만, 신-◇-의 순수의 세계에 들어가면 전생, 중생, 영생을 한 세상으로 볼 때 그러하다는 사실임을 전하는 것이다.

편지 1.
종이학의 이소비행

2018년 무술년 2월 5일 월요일

북랩 출판사에서 종이학이 날개를 달고 세상을 나는 날이 찾아왔다. 출판 날짜는 처음 나온 2018년 1월 12일로 책자에 되어 있었다.

*종이학의 이소 비행 〈편지 1〉

새벽에 신◇에게 기도를 올렸다.

2018년 무술년 2월 5일 나의 문학 종이학이

북랩 출판사에서 어둠 속의 긴 산고 끝에 출산을 끝내고

이제라도 좋을 아 세상에 첫 이소 비행을 한단다

내 새끼들아 이게 꿈이냐 생시더냐

무명 시인 쫀지리 문학의 행차시다.

사마귀 벌레 두 마리의 캄보카를 받으며 세상에 행차시다.

이 무명 시인에게 은혜를 입은 영혼들은 다 나와라

배고픔에 만찬의 모기도 하루살이 햄뜨게 잡풀 꽃 하얀 영혼도

앙상한 가지에 매달려 눈빛 맞춘 낙엽들의 영혼도 다 모여라

강촌의 강물 위에 떨어지든 수억만 개의 영혼들도

쫀지리 문학 종이학의 이소비행에 힘의 영감을 밀어다오

한민족에 삼천 리 금수강산의 통일과 세계 평화의 그날까지

교보문고에 베스트셀러 되고 노벨 문학상을 받는 날까지

종이학아 날아라 세상을 훨훨 날아라

2018년 2월 6일 화요일

신은 스스로 돕는 자를 돕는다.

구하라 그리하면 얻을 것이니라

하루의 삶에 최선을 다 하여라

그래도 안 되면 그것 또한 나의 운명이고 나의 팔자이다. 한반도는 지금 북한의 핵무기와 생화학 전쟁의 일촉즉발의 불안 속에 미국은 자국민의 철수와 핵 장소를 선제 타격의 옵션을 준비하라는 미국 트럼프 대통령님의 명령이 언제 떨어질지 모를 일촉즉발이다. 우리 문재인 대통령님은 세계 스포츠 동계 올림픽을 핑계 삼아 북한과 미국이 서로 줄을 당기고 있는 그 외줄 위에서 서툴게 올라타서 '곡예사의 첫사랑의 노래'를 불러야만 했다.

줄을 타며 애원했지 공 굴리며 좋아했지

손 풍금을 울리면서 사랑노래 블렀었지

영원히 사랑하자 ~ 맹세했었지

흰 분칠에 빨간코로 통일 평화 애기했지

어릿광대의 서글픈 사랑아 ~

(최진희 노래)

무명의 책 『통일의 대박꽃』(시혼과 투병 일기)의 내용을 이 민족에게 알려야 한다. 이 한민족의 통일의 때가 온 것을 어떻게 해야 빨리 알릴 것인가 언듯! 생각이 스치는 것이 1992년도에 자칭 깨달은 자로 신촌 연세대 앞 굴다리에 섰을 때 11월호 《퀸》 잡지에 4페이지에 실렸던 그대로 한번 해 보자. 등단도 안 된 무명이 돈이 없어 광고 선전도 못 하는 못난이가 가장 TV에 빨리 방송 타는 방법이 요즘도 유행하고 있는 정신이상 요리끼리하게 맛이 가도 지성적으로 맛이 간 사람 노숙자가 TV에 나오듯이 나도 그 방법을 쓰는 것이 좋겠다. 그래, 용기를 갖자! 1차적으로 신촌 굴다리 밑에 옛날에 섰던 곳에 또 한 번 해보자고 결심했다. 아내 몰래 간판집을 찾아가서 프랑카드를 가로 90㎝ × 세로 50㎝로 만들었다. 내용은?

★통일의 대박꽃(시혼과 투병일기)

*삼천 리 금수강산이 한민족이다. 우리 모두 자아를 깨닫고,

사랑으로 통일을 하자

*자칭: 깨달은 자로 26년 전 여기에 섰음

간판집 아저씨가 이상한 또라이로 생각하는지 어디에 서느냐고 묻길래 창피해서 혼났다

〈편지1〉을 문방구 복사집에서 100부를 찍고 나의 책 3권과 쇼핑백에 감추고 신촌 굴다리 아래로 갈려고 했는데 오늘은 늦었고 날씨도 너무 추워서 못 나갔다.

2018년 2월 7일 수요일

나의 문학, 『통일의 대박꽃』(시혼과 투병일기)의 종이학이 교보문고에 좌판대에 오른 지도 벌써 3일째다. 유명한 사람들은 출판기념회를 열고 선후배들이 백 권씩을 주문하고 싸간다고 하는데 역시 나는 가을날 쓸쓸한 정거장이다. 이대로 있을 수는 없다. 못 날더라도 날려고 날개짓은 해봐야 인간의 삶이라고 말할 수 있지 않은가. 나는 큰딸에게 주소를 또 가르쳐 달라고 했고 편지를 쓰고 우체국에 가서 편지를 부치나니 사랑하는 이여, 그러면 안녕! 유치환의 시겠지, 아마도.

〈주소〉 서울시 관악로 1 서울대학교 총학생회실 앞, 연세대학교 총학생회실 앞, 고려대학교 총학생회실 앞 그리고 서울시 영등포구 여의도 의사당대로1 국회의사당 각 정당 앞 그리고 청와대 수석실 앞으로 『통일의 대박꽃』 책과 편지를 우체국 택배로 부쳤다. 청와대는 신문고 게시판에 나는 컴맹이라서 우편으로 했다. 떨리는 마음과 창피스러움으로 우체국을 나오니 그래도 참새가 죽어도 짹소리는 했응께 됐찌룽~! 암만! 옛날 같으면 남산 대공분실로 끌려가서 반병신 되고 찍싸게 맞아쓸텐데 어쩜! 문재인 대통령님이 되고 진실한 민주주의를 원하고 통일의 염원이 있고 요 쫀지리의 죽음의 저승 문턱에서 "본적! 주소를 대라고 해서 지구촌 동방의 아침나라 삼천 리 금수강산에서 태어났소. 요로코롬 말했더니 염라대왕인지 신인지 저승사자에게 주소가 틀렸다고 시부렁 시부렁 하길래 나는 맞다고 빠락빠락 우겼지용! 그랬더니 신이 그러면 이승으로 다시 가서 통일을 시키고 와서 주소를 똑바로 써라고 하며, 저승사자에게 이승으로 "빠꾸 오라잇!" 안 하남요.

지거가 잘못해놓고선 맨날 나만 병신 취급하길래 나는 뒤돌아보며 통일이 되면 내가 미쳤다고 저승에 와서 내 왔소 하겄나. 10년은 더 살다가 늙어서 이승에서 별 볼 일 없으면 그때에 어슬렁 저승 문턱에서 크게 저승신고식 본적 지구촌 동방의 아침이슬 영롱한 나라 삼천 리 금수강산 동해 독도의 아침 햇살이 나의 고향이요, 당당하게 말할 거예요~. 잉! 암만! 멋져부러~잉!

편지 2.
차마 창피해서 연세대 토끼굴 다리 아래서

2018년 2월 9일 금요일

오늘은 평창 세계 동계 올림픽 개회식 날이다.

날씨는 희뿌옇게 미세먼지 나쁨이고 몹시 춥다.

『통일의 대박꽃』 책이 나온 지가 벌써 5일, 오늘은 꼭 연세대 앞 토끼굴 다리 아래로 나가야 한다. 맨정신으로 길거리의 사람들 앞에 선다는 것이 낯 뜨거워서 차마 어이 나갈꼬 26년 전에는 내가 무슨 정신으로 자칭 깨달은 자 글 쓴 종이 들고 세상일 무엇이든지 질문하세요. 마대자루 깔고 앉아 동숭동 마로니에 공원 앞과 홍대 앞에 어떻게 왜 섰는지 이해가 가지 않는다. 지금은 유독 날씨도 춥고 미세먼지 나쁨이니 더더욱 나갈 자신이 없다. 어떻게 해서든지 눈을 꼭 감고라도 오늘 못 나가면 나의 문학 어린 새끼들은 누가 세상에 날려 볼 것인가? 4일을 벼르고 작심 5일째 기어이 일을 저질러 보자. 이것이 나의 숙명이다.

전쟁을 막고 3년 안에 통일을 선포하고 2021년 3월 4일 날 통일의 날로 한민족의 축제 삼천 리 금수강산에 깃발을 꽂아야 한다. 자연의 먹거리 바다를 깨끗하게 해야 한다. 전쟁 연습의 포탄 핵물질 비닐 폐수를 막아야 한다. 우리의 먹거리가 바다에 있다. 나는 자칭 깨달은 자이고 한민족과 삼천 리 금수강산을 통일시키려 하는데 설사 내가 죽으면 어떡하리. 현재 나의 문학의 이소비행으로 통일이 되고 세계 평화가 도래한다면 그것은 오직 신의 뜻이고, 희미해 추락해가는 신◇의 명예가 빛날 것이고 만약 내 인생이 여기서도 찌그러진다면 그 또한 신의 존재 가치가 빛이 바래갈 것이니 나는 이 두 가지에 내 인생의 마지막 흰빛을 걸었으니 신의 가호가 있기를!

연세대 앞 토끼굴 다리 아래에 피켓을 들고 섰습니다

바닥에는 『통일의 대박꽃』 책 3권과 편지 1, 2를 스템플러로 찍은 것을 100부를 놓고 누구든지 가져가라고 적어 놓았고 오후 5시~6시 20분까지 오가는 젊은 대학생들이 다니는 길거리에 섰습니다. 미세먼지로 얼굴은 마스크를 쓰고 피켓으로 가렸기에 아는 사람들이 보아도 모를 겁니다. 그런데 아무도 단 한 사람도 관심을 가져주는 사람이 없었습니다. 분명 내가 들고 있는 피켓은

★통일의 대박꽃(시혼과 투병일기)

*삼천 리 금수강산은 한민족이다

우리모두 자아를 깨달고 사랑으로 통일을 하자

*자칭: 깨달은 자로 26년 전 여기에 섰음

이렇게 쓰여 있는데 26년 전 1992년도 그때는 연세대 강사님인지 책 서류를 옆에 끼고 연세대를 들어가는 숙녀분이 나에게 사인해 달라고 해서 난 평생 처음으로 남에게 제 사~인 을 해준 것이 추억이 되었습니다. 그런데 오늘은 우째 단 한 사람, 학생들도 쳐다보지도 않고 그냥들 지나가십니까, 오늘날 현실이 자기 살아가기도 바쁜 세상에 내가 하나님

의 아들 예수님의 심부름을 택배비도 안 받고 왔다고 해도 쳐다보지도 않을 우라질 젊은이들. 허기사 저들이 우찌 봉황의 뜻을 알리요. TV에 인물을 띄워주면 그것에 현혹이 되어 날날이 찍고 까불고 참새떼같이 귀엽지요~잉! 암만! 한 많은 이 세상 야속한 님아, 너희가 한민족의 통일이 되어야 저승 가서 염라대왕 앞에서 대우받는 노후 대책이라는 것을 우찌 알리요. 아~ 야속타 이럴 때 신이 연세대 앞 굴다리로 천둥 번개가 3번만 내리쳐도 기적~!

연속극 사극을 보면 하늘에 노여움이나 하늘에 천인공로패를 받아야 할 나 같은 사람에게 이럴 때 그 표창장으로 우르렁 쾅쾅 번개가 번쩍번쩍 쳐주면 좋으련만 인간 쫀지리가 무슨 하늘의 공로를 받을 일을 했느냐고 의아해 할 사람들이 많겠지만 해서 뒷페이지에 5차원의 깨달음, 3대 성좌 탄생의 논문을 표절! 없이 예수님의 성경이나 석가모니님의 경전을 컨닝하지 않고 창작으로 발표할 것이니까 지금은 맛보기로 4차원 IT 과학 데이터로 설명해 볼랍니다.

'빛'이 1초에 7억만km를 유리도 뚫고 지나간다고 하지요~잉! 영감은 (영혼)은 0.0001초에 7억 조km를 갈 수 있다니까요.

예를 들어 먼 하늘에 별빛이 보이는 순간 내 영혼과 별의 만남이 시작되고 눈이 아니고 생각을 신-◇-의 빛에 가는 것은 0.0001초에 "마하반야바라밀타심경"이니 우주를 본다는 것입니다. 해서 생각이 곧 영혼이고 풀잎 하나에도 풀의 생각이 있고 물 한 방울에도 억겁의 영혼이 있고 마른 나무잎 하나에도 낙엽의 생각이 있다는 것입니다. 천만 길 지옥에도 신의 영감이 흐르고 있음은 우리의 몸 발가락 끝에 작은 가시 하나가 찔러도 나의 뇌에 아픔을 알 듯 이것이 신의 창조임을 깨달았으니까요~잉! 요로코롬 깨달았으면 신이 천인공로패를 요 쫀지리에게 우르르 쾅쾅 번쩍번쩍 번개가 내리쳐야 되는 것 아님감요 "아서라! 안카나!"

신의 기적은 없다는 것을 뻔히 알면서도 괜시리 또 신-◇-에게 투정을 부린다. 연세대 뒷쪽 높은 산에 철탑이 보이고 저곳이 안산 봉수대가 나를 보고 있구나. 요즘 아내와 강아지를 데리고 자주 올랐던 아는 산이라고 친밀감이 오는구나. 서울의 명산이라 신의 영감이 많이 내리는 산인데 그래서 연희동에 전두환 전 대통령님 노태우 전 대통령님이 살고 있는지도 모를 일이다. 저 안산에서 신의 기가 이 쫀지리에게는 대통령은 어차피 꿈도 못 꾸고 나의 문학, 아내의 말마따나 5백만 원 생돈 들어간 본전도 못 찾을 것 같으니.

역시나 나는 이 세상 사람들하고는 궁합이 맞지 않는가 보다. 단 한 사람도 쳐다봐주는 사람이 없으니 허망히 후퇴하자. 아직은 이 정도에 내가 모두 포기할 인간, 사람은 아니지. 이날 밤 갑자기 오한이 오고 몸살이 심하게 춥고 몸이 웅크려들고 죽는 줄 알았다. 창피스러움에 마음이 너무 웅크려들어서 그랬을까. 단 한 사람도 쳐다봐주는 사람이 없어 허망해서 그랬을까. 아마도 아직 간암 투병 중에 완쾌되지 않는 몸을 너무 무리해서 병이 났을 것이겠지.

평창 동계 올림픽 개회식 때 북한의 김정은 위원장님의 여동생 김여정 부위원장이 참석했고 어둠 속의 핵무기 전쟁은 보이지 않고 남북통일의 씨앗에 새색의 푸른 풀잎이 찬연한 조명에 나의 캄보카 사마귀 벌레의 영롱한 투명의 눈알을 굴리며 나타났다. 이 지구촌 행사 개회식 역사 이래 내가 이 세상에서 핵무기보다 더 무서움에 놀라던 사마귀 벌레의 사지가 찢긴 시체를 고척교 뚝방 9부등선에 노을이 잘 드는 곳에 묻어주고 무덤 앞에 하얀 감창풀꽃과 햅뜨게 하얀 꽃을 꺾어 놓아주고 좋은 곳 가라고 묵념 3배 올리고 어둑해서야 터들터들 내 사무실로 왔는데 『통일의 대박꽃』(시혼과 투병 일기)에 그 사마귀 벌레가 방끗 나와 눈을 맞추고 통일의 밀담 007 제임스 본드의 암호같이 주고받고 사라졌다. 통일이 된다는 신이 보낸 메시지이겠지.

문재인 대통령님도 남북 평화 한민족의 통일에 대통령의 사활을 걸고 나서는 것을 보면 신의 뜻이 문재인 대통령님에게 그 빛을 내리시어 아슬아슬한 고비를 넘기며 판문점 보도다리 앞에 김정은 위원장님과 손을 잡은 동상이 세워져 있기를 신에게 간곡히 기도하나이다.

2018년 2월 11일 일요일

새벽에 슈퍼문 초승달이 크고 붉게 내 집앞에 떠 있다. 북한의 삼지연 관현악단의 공연이 남산 해오름 극장에서 저녁에 있다고 한다. 오직 남북통일의 염원을 담은 공연이라고 한다. 통일의 염원은 남한 사람보다 북한쪽 사람들이 더 열망하고 있는 것 같아 그것은 아마도 남쪽 사람은 북쪽보다 훨씬 더 부자로 잘살기 때문에 배의 포만의 기름살 때문이고 북쪽 사람들은 가난하기 때문에 신경이 더 예민해 있기 때문일 것이다. 그래서 왈, "시인은 아픔 인고 속에서 새싹으로 피어오른다." 하지 않았는가. 인간은 노력과 연구를 해서 살아야 보람과 행복이 있음이고 세상살이에 힘겹게 살지 않으려면 "뭐니! 뭐니! 해도 이 세상에서는 돈이 가장 중요한 것인데 나는 가장 중요한 돈만 빼고는 세상에서 사람 좋다고들 하면 뭘 하나, 돈이 없으면 괴로운 것인데 지금 돈이 없어도 크게 쪼달리지 않으니 내 운명이 앞으로 일기를 쓰면서 운명과 나와 한판 붙어보며 내가 운명의 일거일동을 보며 관찰하고 있으니 나의 승부는 나만 나 자신만이 승자와 패자를 알 것이고 현재의 내 마음이면 나 자신이 내 운명을 1차원 차이로 이질 것 같은 느낌이 들어오니 마음이 흡족하다. 이 말인기라~잉! 암만!

남산 해오름 극장은 어느 해인가 아내와 아르헨티나 탱고를 배우고 아르헨티나 나라의 최고 탱고춤 초청 공연이 있어서 학원 단체로 관람하려 가본 곳이다. 그때는 아내와 이 빈 공간에서 여러 학원생들과 탱고춤 연습을 한다고 간초, 사까다, 볼래오, 깐비오, 후렌때를 하며 즐거웠을 때도 있었다.

오늘은 북한의 삼지현 악단이 온다니까 아내 몰래 쇼핑백에 『통일의 대박꽃』 책 10권을 넣고 남산에 갈까나. 그곳에서 기다렸다가 현송월 단장과 일행이 버스에서 내리면 나의 책을 멀리서 던지면 책 제목이 『통일의 대박꽃』이니 한 권이라도 이북으로 가져가서 김정은 위원장님이 읽어보면 우리 정부를 통해 나를 만나자고 한다면 그때부터 나의 『통일의 대박꽃』 책은 베스트셀러가 되고 노벨 평화상까지 갈 텐데 만약에 책이 못 나가고 내가 경찰에 연행이 된다 해도 나의 책은 TV에 알려지고 베스트셀러가 될 텐데 '기회' 기회를 놓치는 자는 바보다. 뭇 망상들이 남산 해오름 극장 옆 버스 정차장 주위가 떠오르고 사복입은 경찰들과 실랑이하는 모습이 떠오르고 방송국 기자가 사진들을 찍고 OK!바리 남산으로 간다.

아니다, 가뜩이나 잔칫집에 태극기 박근혜 전 대통령님 패거리들이 깽판을 치고 난리일 텐데 나까지 나가서 지랄염병을 떨고 지랄병하고 자빠지면 안 되지. 나라의 잔칫집에 또라이나 양아치들이나 하는 짓을 군자나 지성인은 나의 욕심으로 기회를 잡으면 안 되지. 암! 안 거런감요. 아서라! 결국 나의 결심은 포기하기로 했다. 무수한 자괴감으로 오늘 또 하루가 간다.

편지 3.
빙속 추월팀 청와대 신문고

2018년 2월 21일 수요일

평창 동계 올림픽 빙속 추월팀 경기로 청와대 신문고에 60만 건 민원을 보고 빙속 추월팀 시합 3,000m 경주 때 코리아 팀: 김보름, 박지우, 노선영 선수 팀웍으로 맨 꼴찌로 골인한 선수의 기록으로 등수를 채점하는 시합인가 보다.

골인 지점까지 사활을 건 경주에서 골인점 앞에서 뒤따라 왔을 생각을 하며 뒤를 돌아봤을 때 노선영이가 뒤에 너무 쳐져서 힘없이 따라오는 것을 보고 그래도 팀웍이 같이 들어와야 하는 시합이기에 그렇게 하지 아니하고 짜증을 내며 두 선수는 시합을 포기하고 골인해버렸다. TV 인터뷰에서도 김보름은 노선영이에게 짜증과 비웃음으로 온 국민이 보는 앞에서 왕따를 시켰다. 청와대 국민 신문고에 21일 오후 7시까지 60만 건의 민원이 접수되었다고 했다 해외 방송국까지 한민족이 팀웍이 되지 않고 김보름 싸가지, 노선영 왕따라며 비웃음거리가 되었다. 청와대는 신문고에 20만 건이 올라오면 거기에 대한 해결책을 답변해야 하는 약속이 있었나 보다.

국민 신문고에 청원이 김보름 싸가지를 국가대표에서 탈퇴시키라는 청원이 쇄도한 것이란다. 청와대의 말 한마디면 국민들의 청원대로 김보름 선수를 지옥으로 떨어지게 해서는 안 된다는 생각에 나는 청와대에 컴맹 땜시 또 편지를 쓴다. 나는 또 신에게 질문을 한다. 신이시여! 이것은 어떻게 해야 하는 겁니까? 신의 답! 나의 생각은 이렇다. 김보름이 꼴찌로 뒤처져서 힘없이 오는 것을 보고 순간! 성인 군자도 아닌 어린 여자 선수의 평생 꿈이 사라지는 순간에 국민 여러분 같으면 짜증을 내지 않고 미소로 맞이할 현실일 것 같습니까?

팀웍을 생각하지 않은 것은 백 번 잘못한 일이지만 만약에 내가 세계 올림픽에 금메달 하나 따기 위해 청춘을 바치고 죽을 힘을 다해 집안의 영광이요, 국가의 영광, 자기 자신에게는 평생의 영광인데 그 꿈이 친하지도 않은 아이 하나 때문에 모든 꿈이 무너질때, 긴박감과 혼신의 힘을 다해 뛰었건만 골인 지점 바로 앞에서 바로 뒤에 따라와 있을줄 알았던 선영이가 저만큼 처져서 힘없이 오는 것을 보았을 때 국민 여러분 같으면 어땠을까요? 팀웍을 생각하지 않은 잘못을 했지만 그렇다고 김보름을 국가대표에서 탈락시키라고 청원해서 만약에 탈락이 된다면 김보름과 그 가족들은 노선영을 평생 원수로 생각하며 살아가게 된다면 서로가 불행한 일일 것입니다. 5차원의 깨달음은 두 마리 토끼를 다 잡는 것입니다. 그 방법은 먼저 골인한 김보름 선수가 선영이를 찾아가서 인생을 덜 살아서 나만의 욕심에 짧은 생각으로 짜증과 화를 낸 것에 미안하다고 사과하면 노선영은 나 때문에 그 소중한 메달의 꿈을 놓치게 해서 정말 죄송스럽다고 할 때 요것이 동방 예의지국 한민족의 인간 사람됨의 모습이 아닐까~요~잉! 암만! 아임 쏘리! 오 마이 갓! 땡큐 베리 마취!요~잉!

편지 4.
일본 다께시마의 날

2018년 2월 22일 목요일

삼천 리 금수강산 동방의 아침 해가 솟아오르는 동해 독도 우리의 영토를 2월 22일을 일본 다께시마의 날로 정하고 독도를 또 일본의 땅으로 꼭 빼앗고 말겠다는 언젠가는 또 침략의 전쟁을 일으키겠다고 선포한 것이다. 아~ 한민족의 젊은이들이여! 이 민족의 자존심이 36년 나라를 빼앗기고 핍박의 장화발 아래 짓밟힌 민족이여, 이제 정신을 차리고 깨어나서 한민족의 자존심으로 통일도 하고 북한의 핵무기도 일본과 견줄 만큼 남겨두어야 함을 왜? 모르는가? 저들은 야비하고 가깝고도 먼 나라 이 강산을 언제도 침략할지 모를 원수임을 왜 모르는가? 한 나라를 지키는 것은 성좌와 다르다. 성좌는 중생에서 모든 핍박과 죽음을 당하면서도 악을 미워하지 않고 죽어 거름이 되어 악이 한 차원 새로운 새싹을 피워올려서 우주세상을 진리로 이끌어 가는 것이고 한 나라는 국민들을 핍박과 아픔을 막아주는 힘이 있어야 하기 때문에 1. 첫째는 진리의 지혜가 타 나라보다 한 수 앞서 있어야 세계 여론의 인정을 받고 2. 둘째는 침략 국가와 견줄 만한 힘이 있어야 국민을 보호할 수 있어야 하는 것이리라. 일본 놈들은 나라를 빼앗고 삼천 리 금수강산에 명산에는 한민족의 위대한 영웅들이 어머니의 산 정기로 태어난다고 저들도 알고 있었다. 그래서 한민족은 산맥에 기도를 하고 조상 묘태를 보고 일본은 집터에서 부와 명예를 온다고 숭배해 왔다. 한민족의 젊은이들이여, 이민족의 역사에 이것은 꼭 알아야 한다. 일본 놈들이 삼천 리 금수강산 어머니의 산 정기 맥줄 어머니의 가슴에 쇠말뚝을 박아서 한민족의 정기를 끊어 놓고 그러해서 지금까지 북과 남이 형제끼리 원수를 생각하고 싸우고 죽이며 살아온 것이라는 것을 꼭 알아야 한다.

내가 어렸을 때 나의 고향 옆에 명산 연대산이 있는데 이곳에서도 쇠말뚝을 찾아서 몇 개를 뽑아내었고 우측 20리 옆 바닷가 뒷산 돌산이 일본놈들이 그 돌산을 파도가 일본에서 밀려오면 돌산에서 애기 울음소리인데 영웅의 울음소리가 들린다고 어릴 때 우리들은 그 돌산을 혼자는 무서워서 못 지나갔고 일본놈들이 그 돌산 바위를 무한히 깨부수었던 자리가 현재도 있고 그 돌산 가운데 좌측 계곡 위에 돌을 깨부수는 곳에서 애기의 형태 같은 죽음이 피가 터져 이겨진 곳이 있다 하여 무서움에 떨었던 전설도 있다. 대한민국 정부에서도 내 어릴 때 관악산에도 지리산에도 쇠말뚝을 탐지기로 찾아내어 지리산인가에서 산제를 올린다고 TV에 나왔을 것이다. 일본의 침략으로 수많은 한민족의 죽음과 고통 억압 속에서 위안부의 그 소녀들의 가슴에 상처를 준 것은 나는 안타깝지만 내가 관여할 부서가 아니다.

나는 이 세상의 영혼을 관리할 신☼의 영물, 미물이기 때문이다. 육체는 죄를 지은 만큼은 꼭 받으면 되지만 영혼은 3배의 죄값을 치러야 함을 잊지 말라. 이 한민족의 영혼에 쇠말뚝을 박은 일본놈들은 일본의 천왕이 이민족의 어머니의 산 아래 좋은 날을 내가 잡아서 진정 사죄의 절을 3배 올리고 유엔에 그날을 등재해서 어느 나라든지 전쟁이 일어나서도 안 되겠지만 전쟁이 일어나도 그 나라의 영혼을 죽이는 일이 없어야 할 것이다. 영혼을 죽이는 것은 짐승 버러지만도 못한 인간임을 꼭 명심해야 할 것이다.

이땅에 어떤 악이라도 진정 신 앞에 그들 앞에 사죄하고 그 죄의 대가를 받으면 이승(중생)은 지은 죄값을 닦으면 되지만, 저승(영생)에서는 3배의 죄값을 치러야 함을 잊지 말라, 한민족의 젊은이들이여! 일본은 지금도 독도를 저놈들이 자기 땅이라고 하기 때문에 철천지 웬수이며 36년의 핍박을 주었으면 미안한 마음이라도 가져야지 가깝고도 너무나 먼 나라임을 알고 그러나 악을 미워해서도 안 된다, 그들 또한 지구촌의 인간 사람임을 한 지구촌 형제임을 잊지 말라.

우주의 행성들에 아직 생명체의 흔적을 발견하지 못하는 무생명의 행성에서 얼음이나 사막 같은 곳에서 지구촌에 살던 바퀴벌레 한 마리를 보았다면 여러분! 얼마나 반갑겠습니까 죄는 미워하되 아니 죄는 미워하지 않고 인간이 만들어 놓은 법과 영혼에 따라 대가를 받게 하는 것이 동물과 다른 사람임을 자부할 수 있을 것입니다. 일본이 진실로 진정으로 자기들이 지은 죄를 사죄한다면 우리의 가장 가까운 이웃 나라로써 젊은이들끼리 창출을 논의하고 더 나은 지구촌의 예술과 평화를 위해 사람으로서 사랑도 하고 결혼도 할 수 있고 언어만 다를 뿐 사람과 사람이 얼마나 창출적이고 멋이 있는 지구촌이 찬연히 빛나는 아름다움일 텐데 한민족 삼천 리 금수강산이 꼭 통일을 지금 해야 한다. 그 길만이 동방의 아침 이슬이 영롱히 빛날 것이다.

젊은이들이여, 독도를 잊지 말라. 동방의 아침 이슬이 아침 태양에 이 민족의 반짝임을 꼭 기억하라.

천재들은 빈약하게 태어난다

2018년 2월 24일 토요일

나는 어릴 때부터 빈약하게 태어났다. 천재 물리학자 호킹 박사님보다는 한결 나은 편이지만 만 1살에 아버지를 여의었고 초등학교 2학년 때는 원인 모를 병으로 병원, 한의원 기치료를 엄마 등에 업혀 다니느라 학교도 1년 휴학을 했다. 초등학교 4학년 때는 어린이회 부회장, 학습부장, 분단장 등 담임 선생님의 사랑을 촉망받으며 미래의 희망 학생이었다. 5학년 때 형님의 교통 사고로 포항 동광병원에 입원한 후 2년 동안 우리집 재산은 풍지박산 났다. 그 시절은 보험이 되지 않을 때였다. 나는 고아 같이 큰 집에서 간신히 초등학교를 졸업했다 그때부터 내 운명은 현재 자유 한국당 대표 홍준표님의 말마따나 배배 꼬였다. 평생 내 삶은 처절한 아픔과 고통을 인내해야 했다 내 운명에 형제와 부모님을 원망도 많이 했었다. 지금 현재 내 나이 만 70세 2018년 북한 창건 70세 남한 헌정수립 70세 1948년 3월 5일 생이 나의 생일날이다. "뭣이!~ 한자리 할 것 같은 감은 오는데 영~영~ 개코나 이러다 영원히 죽음이겠지." 뭣이! 이상할 것이 개코도 없구먼~ 잉! 암만! 학벌, 학연 없이는 모든 것이 허당이여~ 암만!

지금 현재 돌이켜 보면 모든 것이 나의 운명이고 그로 인하여 더 나은 오늘의 나를 만든 것을 확연히 알 수가 있다. 나의 성격이 부자들과 어울리지 않고 약자 편에 서서 머리를 굴리면 사마귀 벌레 퍼런 눈알이 돌아가듯 청명하게 돌아가면 좋은 대학에라도 갔으면 이 나라의 그때 현실이 독재시대 때에 학생 데모에 앞장서면 약한 몸에 죽었을 것이고 사업도 잘되었으면 남들과 술과 벗을 했어도 죽었을 것을 생각하면 지금 이 글을 쓸 수 있는 것만으로도 지금이 낫지 않을까요~잉! 확실히는 잘모르겠습니다만 내 생각으로 비례를 해보고 데이터를 해보면 지금 현재의 내가 세상에 있음이 추하지 않고 정신이 똑바로 있고 삶에도 아둥바둥하지가 않으니까요. 요로코롬 내 평생의 어려운 삶도 나의 운명으로 더럽고 악마 같은 지긋지긋한 나의 운명과 싸워서 지금은 나의 운명을 나의 일생을 사랑하게 되었다니까요~잉! 암만! 거시기! 있잖아요! 그렇다니까요~잉! 암만! 요로코롬 내 얼굴이 뻰들뻰들해질 줄 누가 알았겠냐구만요~잉! 내 운명을 이긴 사나이! 멋저부당께롱! -암만! 어떻게 이겼냐고요! 고것이 잘되면 더 좋고 안 되고 실패해도 좋으니께 요것이 내 운명이니 두 마리 토끼를 다 잡았다 이 말인기라예~ 암만!

오늘은 타관, 객지 구로동 조그마한 나의 댄스 학원에서 알게 된 세 사람이 유난히 나를 좋아하고, 내가 댄스의 회장이라도 되기를 그렇게도 소망하며, 나를 아낌없이 도와준 사람들에게 내 몸이 아프다고 1년을 연락도 못 했는데 이렇게 내가 죽으면 저승에 가서 세 사람에게 입은 은혜를 무어라 변명을 할까 생각을 하니 두려운 생각이 들었다. 그분들을 알게 된 것이 벌써 26년이 된 것 같은데 나는 저 사람들을 위해 식사 한 끼도 대접을 못 했으니 오늘은 나의 책도 한 권씩 주고 식사 한 끼를 꼭 대접을 해야 내 마음의 무거운 짐을 덜게 될 것 같아 아내에게 말하고 아내와 같이 구로동으로 나갔다. 두 분은 나이가 80세인데도 스포츠 댄스를 해서 그런지 아직도 건강하고 한 사람은 나와 동갑내기다. 두 분 중 한 분은 군 준위로 기술 고문관으로 정년퇴직해서 국가훈장도 받고 연금도 많이 나오며 조그마한 빌딩도 하나 있으며 정년퇴직 후 스포츠 댄스를 알게 되었고 시니어 장년부 시합에 무조건 나간다. 그때는 장년부 선수가 없을 때라서 혼자면 1등 트로피, 2명이면 2등 트로피가 지금 방 한칸에 가득 메워져 있고,시합에 1, 2, 3등까지는 트로피, 4, 5, 6등은 메달을 주므로 대한민국 선수 중에 가장 트로피를 많이 탄 사람이다. 한 사람 김한규 씨는 서울대학을 졸업하고 댄스 스포츠에 빠져서 삶이 가장 못 풀린 사람일 것 같다. 내 평생 살다가 그렇게 착하고 정직한 사람은 처음 보는, 실로 안타까운 아까운 사람일게다.

이분은 나에게 대한민국 혹은 영국의 댄스 스포츠의 모든 것을 영어로 나에게 가르쳐 주었고, 동갑내기는 유명한 강사에게 배운 그대로 나에게 설명과 실기를 가르쳐 주었고 군 출신은 대한민국 유명한 학원의 루틴을 모두 가져다 주니 나는 돈을 가장 적게 들이고 많은 공부를 할 수가 있었던 것이다.

나 역시 밤에 하루 4시간만 잠자고 공부하였고 나의 연구가 부족하면 직접 대한민국의 최고 유명한 선생님을 찾아가서 몇 년 강의를 받기도 했었다. 저녁에 모두 반갑게 만났다. 아내는 처음이자 나의 마지막 대접이니 한우 갈비집에라도 가자고 했는데 이분들은 비싼 것 먹을 필요가 없다며 돼지 감자탕 집으로 들어갔다.

나는 1년 동안 연락이 안 된 것, 간암시술 후 투병 중 글을 쓴 것을 책으로 냈으니 1권씩 나누어 주며 그동안 너무 저를 좋아해 준 것에 고마웠다고 말했다 세 분은 깜짝 놀라면서 그래서 연락이 안 되었구나 하면서 앞으로 어떤 음식이 좋고 어떤 운동이 좋다며 옆에 사람들이 있거나 말거나 아랑곳하지 않고 수다를 떨어 댄다. 좀 창피스러운 말들도 자기들 주장만 열을 올리니 간혹 재미있을 때도 있다. 나의 동갑내기는 택시 기사를 하다가 지금은 카이로 마사지 샵을 운영하고 있는데 요즘같이 인생이 짜증스럽지 않고 재미있는 직업인 것 같아 행복하다고 하니 나이 70세에 다행이다 하는 생각이 들었다. 덫! 부친 말이 장 형! 지금 장 형 처지가 어쩌면 자기의 운명과 똑같을지 모른다며 자기보다 장 형에 딱 맞는 직업인 것 같으니 꼭 샵, 점방을 운영해 보란다. 시간 있을 때 자기 샵에 놀러오면 자기가 다녔던 대학교 평생교육원 카이로과에 등록하면 카이로 마사지 자격증을 따서 3층 정도에 40~50평짜리 점방 하나 얻으면 마사지 자격 소유자 여자 종업원 1~2명 두면 그들은 정식 월급이 아니고 %로 나누니 부담도 안 되고 손해볼 일이 없고 재미있는 직업이더라. 장 형이 하겠다고만 하면 여기 3총사가 장 형을 도와서 무엇이든지 해 줄 수 있으니 마음만 결정하란다. 친구는 내가 수긍하는 줄 알고 신이 나서 이제 막 떠들어 대는 거라.

장 형! 나이가 들면 제일 먼저 몸에서 빠져나가고 힘도 의욕도 없어지는 것이 첫째 호르몬이더라. 일본에서는 옛날부터 거시기가 서지 않는 사람과는 사업도 같이하지 말고 돈을 빌려주면 안 된다는 말이 있잖우! 그 말이 딱 맞는다는 생각이 요즘 들었다니까요. 친구는 나이가 들어보니까 인생살이에 가장 중요한 것이 엔돌핀이 생기는 것이 건강에 최고라고 자신 있게 말할 수 있다며 장 형같이 성격도 깔끔하고 이쁘장한 얼굴에 딱 맞는 직업일 거라고 떠들어대니 나는 옆의 사람들이 쳐다보는 것 같아서 창피해서 혼이 나가려 하다가도 또 저들이 진정으로 나를 위해 해준 말에 감사해서 눈물이 찔끔 나올려고 했다.

그렇다. 작지만 분위기 있는 숍 하나 있으면 자유로운 직업에 돈 받고 여자 마사지 해 주면 엔돌핀 팍팍 생기고 불륜만 없으면 기분 좋은 선생님 대접받고 좋겠지. 고것이 나에게 참 좋긴 한대. 아무리 생각해도 내 팔자는 아닌 것 같구먼. 내 팔자는 나 스스로 가난한 길을 가야 하고 삶의 쪼달림에 아픈 고통을 인내하며 나의 문화의 어린 자식들을 떼버리고 팔자 좋은 신랑을 따라갈 수는 없다.

나도 내가 미웁지만 그렇게 태어난 내 운명을 어찌 피해서 도망을 가겠는가. 이것이 나의 운명이고 무명으로 죽는다 해도 세월이 가고 생명체가 죽고 나면 영웅호걸도 바보도 똑같이 한세상 살아보고 감을 나는 이미 깨달아 있기 때문이다.

천하의 영웅호걸 영국수상 처칠을 보라. 독일의 악마 나치 히틀러 만세의 깃발을 짓밟고 히틀러를 총으로 자살케 한 세기의 세계 영웅 처칠 수상님도 말년에 우울증에 시달리며 죽음으로 가면 그는 지금 어디서 무엇이 되어 있을 것인지 나는 알고 있다. 그는 그의 운명에 최선을 다하고 나는 나의 운명에 마른 가지에 낙엽 한 잎 겨울 바람에 떨어지지 않으려고 매달려 있는 낙엽을 사랑하고 풀 한 포기, 이슬 한 방울의 영혼과 노래하는 무명 시인으로 독일 나치 히틀러 악마도 안타까워하며 사랑해야지. 이것이 나의 운명이고 내 팔자거니 생각을 하니 마음이 평온해 온다. 신✧의 빛 속에 한 치의 먼지라도 함께할 수 있기를 신에게 기도 올립니다.

편지 5.
미투 운동을 보며

2018년 2월 27일 화요일

미투 운동을 보면서 미국의 헐리우드에서 시작이 된 미투 운동이 대한민국으로 빠르게 옮겨와서 JTBC 방송국에서 현직 여검사 서지현 님이 검차장으로부터 성추행을 당하는 인간 사람으로서 권리를 짓밟힌 구시대적 정신을 바로 잡아달라고 고발한 사건이다. 대한민국은 지금 미투운동에 온 나라가 난리 판국이다. 종교계 불교, 천주교, 기독교, 교황이 인간이 사람의 영혼을 갉아먹는 사건에 사죄의 용서를 빌었고 헌법의 법조계, 대학교수의 지식인, 예술계, 노벨 문학상 후보에 수 번을 오른 대한민국의 최고 시인까지 인간의 인내를 망각하고 동물의 본능을 드러내고 말았다. 미투 운동이 세계 어느 나라가 그러하지 않겠느냐만 유독 대한민국이 온 들녘에 산불이 옮겨붙은 이유는 한반도에 동방의 예의지국, 아침 이슬의 나라에서 5차원의 성좌가 탄생하려는 징조임을 인간 사람들은 알아야 할 것이다.

미투 운동은 민주주의의 꽃이요, 남녀 애정의 아름다움이다. 꽃이라면 이름 없는 산꽃이라도 세상의 아름다움을 받고 싶어하고, 어느 인연에 진실한 사랑을 영혼적인 꽃을 상에 한번 피워보고 싶은 거라 짓밟힌 마음의 상처 말고 진실한 사랑을 갈망하는 것이 여자의 마음인지라 21세기 5차원의 깨달음은 진화론에서 20세기까지의 잘못을 반성하고 인생의 새로운 문학으로 철학의 사랑을 꽃 피우는 거라.

참민주주의는 약자를 보호하고 5차원의 깨달음은 봉황이 참새의 뜻을 알고 참새가 진정으로 봉황의 뜻을 알 때 봉황이 참새를 위해 진실로 목숨을 바칠 줄 알 때 참새는 오직 봉황을 위해 10번의 목숨도 바치는 것이 5차원의 세상이다. 성욕은 에너지이고 힘이다. 세상의 어둠을 밝혀준 전기가 핵물질로 실로 세상의 무시무시한 악마의 지옥보다 더 처참한 구소련의 체르노빌 원전 사고의 그 참상을 꼭 보시라. 핵무기는 잘 사용하면 인간의 마음을 어둠 속에서 밝히고 인간의 전력으로 부를 주며 행복을 준다. 만약 잘못 사용하면 인간의 육체의 껍질부터 속의 암으로 태우고 핵균이 메르스 전염 공기 병보다 수천 배, 수만 배 더 빠르게 사람의 영혼 정신마저도 갉아먹는다. 핵의 번쩍하는 섬광만 봐도 이미 암에 걸린다는 과학의 증거가 확실하기에 전쟁은 안 된다고 이 쫀지리도 애원하는 것을 특히 한민족에 삼천 리 금수강산에서 핵전쟁은 제발 안 된다고 차라리 내가 죽음으로 가더라도 애원하는 것입니다.

적을 정확히 알고 나를 알고 나를 닦으면 백전백승 한다. 중국의 그 유명한 손자가 말하셨지요. 여자의 일생은 사랑을 먹고 살고 남자의 평생은 욕망을 먹고 산다

여자는 진실한 사랑이 없는 욕정에는 치욕과 모멸감과 짓밟힘으로 생각하고 남자들은 어떤 성욕에도 욕망의 희열을 느낀다. 힘이 센 동물과 짐승들도 사랑의 구애 앞에선 암컷의 마음을 움직여야 한 번의 욕망의 사랑을 이루는 것이지 무식하게 힘과 권력으로 욕망을 채우려는 인간은 지난날의 잘못을 진실하게 뉘우치고, 5차원의 세상에 동참해야 할 것이다. 특히 현재(중생)에서 지은 죄는 죄지은 대가만큼 아픔과 고통 그리고 대가의 벌을 받으면 되지만 저승(영생)에 가면 3배의 죗값을 치러야 함을 꼭 기억하라.

시인이란? 영혼들과 대화하고 영혼들의 한을 신에게 문학의 시로, 글로써 알리는 것이 시인의 사명임을 알아야 할 것이다. 여기에 이 나라의 최고 시인이라 자부하신 미투에 연루된 고은 시인님에게 한마디 하고 싶다. 현실의 문학은 잘잘못을 따지고, 법대로 악은 처벌하고, 심판받게 하는 것이지만 영혼의 세계는 악도 하나님의 자식이요. 애틋하고 "이 세상 모든 것은 내 탓이요."

박근혜 전 대통령님이 성당에 예배 갈 때 TV에서 하신 말씀인데 왜? 탄핵이 되니까 남의 탓을 돌리는지 이해가 되는 것은 대통령님이 시인이 아니기 때문이다. 이렇게 나를 위로하는 것이지요. 고은 시인님 정도면 "역시" 고은 이름도 참 좋아요. 최악일 때 최선을 아픔과 고통과 인내를 세상에 보여 주었더라면 후세에 이 땅에 참 모습의 시인 동상이 세워졌겠지요~ 아마도~암! 꼭 그렇게 됐었을 테일거구먼요~. 암! 시란? 아픔의 세상, 인고 속일 때 영혼의 세파들이 잘 보이는 원칙이 있으므로 "모든 것은 내 탓이요"에서 서로 아픔의 인고에 들어가셨다면 더 나은 세상을 깨달을 것이고 새로운 창작의 마지막 혼불을 태울 한민족의 위대한 시인을 "아뿔싸" 놓쳤네요~잉. 지금까지 고은 시인님의 작품이 그 문학이 창출하기가 쉽지 않을 터인데 나의 생각은 늦게 잘잘못의 실수 때문에 이 나라에 혹은 세계에 내놓아도 좋은 문학 작품이라고 전문가의 평가가 있다면 모두를 삭제한다는 것은 바람직하지 않다는 것입니다. 우리 모두 새로운 시대가 오려고 지난날의 잘못을 진정 바로잡아 나가려 오늘날의 아픔은 새로운 새싹을 움터올 인고로 생각해야겠지요.

*나는 여기서 신청곡 노래 한 곡을 청합니다.

꿈 많은 내 가슴에 봄이 왔는데 봄은 왔는데

알고도 모르는 체 알면서도 돌아선 선생님 선생님

아~아~ 사랑한다 고백하고 싶어도 여자로 태어나서

죄가 될까 봐 선생님~선생님 이 발길을 돌립니다.

★아~우 멋저부렀어~잉!

미투 운동 여러분! 요로코롬 정도는 돼야 제. 인간 사람들의 사랑이라 하제요~잉!~암만!

2018년 3월 2일 금요일

나의 시혼들이여 ! 눈물이 앞을 가려 차마 너거들을 볼 면목이 없구나. 북랩 출판사에서 겨울의 그 긴 인고 끝에 몸단장을 예쁘게 한 나의 문학 『통일의 대박꽃』(시혼과 투병일기)의 한을 종이학의 날개 위에 싣고 세상에 한번 훨훨 날려 불려고 했는데 무명이라는 못난 내 육신 때문에 예술의 혼도 사랑의 문학도 장애 소녀가 만든 천만 개의 종이학도 세상을 한번 못 날아 보는구나. 나의 사랑 종이학의 꿈들아! 나는 오늘도 너에게 편지를 쓰나니 떨리는 마음으로 8개의 TV 방송국 편집 보도국 앞으로 〈편지 5〉까지와 나의 책 『통일의 대박꽃』 동본, 3개 대학교 총학생회실 동본, 두 번째 편지 5와 나의 책 동본 청와대 민정수석실 앞이다. 청와대 편지는 아직도 두렵다. 문재인 대통령님의 시대가 왔기에 국민 신문고가 개설이 되어있기에 컴맹인 나는 편지를 쓰는 것이지 전 대통령 기간에도 북한의 김정은을 적으로 죽이려는 음모설이 있을 때인데 감히 내깟 게 청와대로 편지를 부칠 시대가 아니였음이 이 또한 나의 운명이다.

이렇게라도 나의 문학 책을 위해 최선의 방법을 실행해 보아야 인생에 후회 없는 내 운명이요, 내 팔자로 인정을 인감도장을 찍을 수 있지 않을까요. 신촌 연대 앞 굴다리 밑에 피켓을 들고 3번은 나가려고 꼭 마음먹었는데 한번 해보니 차마 2번은 못하겠더라. 나의 딸들에게 나의 아내에게 소문이라도 들어가면 저들이 서울 하늘 아래서 친구들과 만날 때 너의 아버지 돌았더라고 할 텐데. 아내도 그렇게 될 텐데 차마 못 하고 이만큼만 해도 신 앞에서 나로서는 최선을 다 했다고 후회나 미련이 없다고 떳떳이 말할 수 있다. 조금 더 노력을 했으면 잘될 수도 있었을 텐데라고 나에게 반문한다면 나는 당당히 거기까지도 감히 인간이 하지 못할 노력에 최선을 다했노라고 말할 수 있다.

아무쪼록 2번째의 편지에 단 1곳에서만 답장이 오면 나에게 봄이 오고 강남에서 제비가 박씨를 물고 날아올 텐데. 제비 새끼들의 먹이를 구하려다가 부러진 제비 다리에 약을 바르고 천으로 감고 치료해 준 흥부네 집에 새끼들과 살아서 강남 갔다가 올 때 그 은혜로 금은보화가 가득 들은 '박' 씨앗을 물고 날아와서 흥부네 행복을 주었는데 나는! 세상에서 내가 제일 몸서리치게 무서웠던 사마귀 발레가 가을길 플라타너스 낙엽이 떨어진 길거리서 아이들의 돌팔매에 맞아 짓이겨진 피투성이의 사지를 섬짓! 돌아와서 나의 뒷호주머니에서 꽃무늬가 새겨진 화장지 3장을 꺼내서 펴고 나뭇가지를 분질러 젓가락을 만들어 사마귀 벌레의 시신을 소중히 꽃무늬 화장지 위에 올려놓고 휘~적 휘~적 바람에 날리는 푸른 날개도 소중히 올려 돌돌 말아서 석양 노을이 붉게 물든 노을빛이 잘 드는 고척교 뚝방 9부 능선에 무덤을 만들어 묻어주고 하얀 감창풀 꽃과 주위에 있던 이름 모를 하얀 잡초 꽃 햅뜨게 꽃을 꺾어서 무덤 앞에 놓아주고 좋은 곳 가라고 묵념 3배 올리고 해가 져서야 어둑

어둑 구로동 나의 조그만 사무실로 허전히 눈물을 머금고 돌아왔는데 이~씨부랑아~ 요~잉! 그래, 그 흔해 빠진 누구누구 개똥도 약에 쓸려니 나에겐 귀하디 귀한 문학상 하나 안 주느냐 이~씨! 김~씨! 박~씨! 암! 남산에서 서울시민에게 돌을 한웅큼 쥐고 던지면-? 김, 이, 박! 왕쪽의 대갈빡에 맞는다 안 카나! 암만! 던지면 안 되겠지라우~잉!

박수무당 신내림굿
신이 있는가

2018년 3월 5일 월요일

박미령 탤런트 배우 겸 CF 모델의 TV 인터뷰를 보면서 박미령 님 외 모든 신내림 굿을 받은 수많은 박무무당, 점술가 등은 현대 최첨단 과학의 의술로는 죽음같이 오는 병의 원인을 알아내지 못한다. 현실로 다가오는 죽음의 아픔을 체중이 꼬챙이처럼 말라가고 맥박도 희미해져 가고 갖은 사고로 숨을 딱 끊어놓지 않을 만큼만 살려 놓고 신굿을 받으면 언제 아팠을까 싶고 신바람이 나서 세상을 날아갈 것 같은 것을 미신이라고 처 버리기에는 과학이 무식함을 인정해야 할 것이다. 신내림 굿을 받은 수많은 사람에게 물어보면 그들이 진실이고 진정 그러하다. 신이 오려고 몸에 이상이 생기고 신내림을 받지 않으면 죽음 직전까지 가는 것이 맞는 것이다. 그렇다면? 신내림 굿을 받을 때 죽은 조상신 혹은 어린 영특한 아이의 죽은 동자신, 선녀신, 진짜로 그 죽은 귀신들이 존재하고 있는 것인가? 나는! 신-◇- 순수 앞에 이것은 무엇입니까? 하고 질문을 하고 신의 답! 이다. 귀신은 없다. 이 우주 생명체가 죽으면 -◇- 순수 모두가 맑다. 악마도 천재도 사탄도 자기의 영혼의 귀신은 없다. 그러나 3파의 기혼은 있다. 박수무당이나 점술가들은 3파의 유전자 때문이다. 과학이 그

DNA를 쬐금 찾아내려면 과학이 현재 IT 4차원 시대니까 10차원의 세월이 오면 내 말이 맞을 것이기 때문에 신의 세계는 무한의 세상이라고 하는 것일게다. 그러나 기혼은 있다. 전생의 유전자는 중생에 어떻게 고치느냐에 따라 영생에 흐름 기에 무에서 나타나는 것이다.

그러면 박수무당과 점술가는 무엇입니까? 깨달음의 단계가 50%이면 악과 선이 반반인 사람이고 60~65% 착한 사람인데 착한 사람에게 3파의 유전자의 기가 발동을 하면 65%의 신내림의 팔자로 살아가는 운명이다. 운명을 피해 가려고 하는 것이 "미"들 깨어난 신이라는 뜻이다. 운명에 도전하는 것은 죽음에 도전하는 것과 똑같다. 내 정신을 더 깨어가기 위하여 일기를 써보며 죽음의 운명에 도전한다면 어느덧 70%의 깨달음이 나에게 오는 것을 알 수 있고 이것을 중생에 도를 닦는 진리로 나아가는 것이다. 예수님이나 석가모니님의 깨달음이 95% 영혼이라면 65%로의 미신은 깨갱이야. 그래서 옛말에 조상신, 대감신, 동자신이 내린 사람이 큰 깨달음이 80% 정도 높은 큰 스님을 만나면 신이 깨갱하고 숨어 본다고 하는 말일 게야. 낙엽 한 잎, 돌멩이 하나, 풀 한 포기, 이슬 한 방울에도 그들의 생각, 영혼이 있지만, 우주 세상의 무한 기를 받아야 탄생되고 현재도 그 기를 받으며 존재하고 있음을 알아야 할 것이다. 달이 하나 없다고 생각해보자. 별이 하나에도 그 별의 기를 받고 있음은 과학의 대충 데이터로 다 알고 인정샷!을 한 것이 아닌가.

요르코롬! 정도면 뭣이 좀 없소. 여보세요. 그기 누구 없소. 노벨 문학상에 문 좀 두드려보면 안 되겠지랑요-잉! 왔다메! 고깟 것 누구나 다 알고 있는 것가지고 뭘 그리 생색을 내산데요. 노벨 문학상이 뉘 집 강아지 이름인 줄 알고 있나 봐. 요즈음은 뉘집 강아지 이름도 함부로 부르면 동물 절도 미수범이 아닌가 하고 이상한 할아버지로 보니까 주둥아리 꼭 다물고 지나가는 세상만 응시하고 있다가 허망타 하지 말고 죽을 날이 오면 그냥 뒤지면 되는 것이야~. 알았제롱~ 잉! 암만!

세상은 오고 가는 것이다. 허망타 하고 그냥 죽는 것보다 여명의 아침이슬처럼 잠시 깨어나 세상 속에 무엇이 전생에서 오고 중생에서 살고 영생으로 가는가를 알고 가는 것이 좋을 것이다.

모든 것에 생각의 기는 있다. 미신은 믿지 말라. 나쁜 운명을 피하거나 두려워하지 말라. 언젠가는 그 운명은 꼭 또 자주 온다. 신◇ 100% 순수로 갈 때까지는 한 단계 두 단계 산을 넘어야 나에게 온 나쁜 운명도 신비하고 아름답게 보인다. 높이 날아오른 새가 아래 세상을 볼 때 외롭고 쓸쓸하지만, 운명과 싸워 이겨온 저 아래 세상을 볼 때는 여명의 아침이슬같이 반짝 태양에 빛이 신비롭다.

JTBC에서 절망의 퇴신

2018년 3월 6일 수요일

3월 2일날 나의 문학 여린 종이학을 두 번째 날려 보았다. 각 방송국과 총학생회 청와대 민정수석실이다. 꿈을 꾸고 있었다. 만약에 청와대에서는 답장이 오지 않고 옛날 같으면 중앙 정보국에서 나가 어떤 인간인가 하고 비밀 염탐을 하고 나를 처리하겠지. 지금은 둘 중 하나는『통일의 대박꽃』이 대박나겠지. 만약에 각 대학교 총학생 회에서 편지나 핸드폰으로 한 통만 온다면『통일의 대박꽃』에 대하여 초청강의로 한번 불려만 준다면 젊은 대학생들이 목숨 걸고 자유 민주주의를 찾듯이 통일도 될 수 있고 젊음 속에 나는 죽어도 좋을 한민족 통일의 영웅으로 남을 텐데. 만약에 요즘은 사람을 얼굴 관상을 보고는 예수님인지 석가모니님인지 모르고 방송국 데이터에 실리지 않으면 영원한 무명으로 쓸쓸히 가우디 건축가같이 길가에서 죽어가도 아무도 모르듯이 방송만 타면 시인도 만들고 예술가로 만들고 위대한 영웅도 철학자도 만드는 TV 방송국 8채널에 나의 책과 편지 5를 종이학 등에 싣고 날렸으니 방송국 한 곳에서만 연락이 오고 강연을 한 번만 한다면 모든 방송국에서 앞다투어 나를 모셔가려고 안달이 날 텐데.

나는 꿈을 꾸고 있었다. 그 화려한 외출의 꿈을 꾸고 있었다. JTBC

방송국에서 봉투 편지가 왔다고 연락을 받았다. 요즘 다른 TV 방송국보다 뜨는 방송국이다. 한발 앞선 세상을 깊이 있게 접근하여 청와대의 권력 앞에서도 굴하지 않고 방송인의 의무를 죽음과도 바꿀 참 방송인 것 같다. 사장 손석희 앵커님의 한 치도 흐트러짐이 없이 무서운 인간정신을 가진 차분하면서도 점잔히 자연스러움도 엿보이는 모습이 두렵고 참 좋다. 그리고 국회 방송국 3채널 문학을 스페셜로 다루는 곳에 나가 한번 출연해 보는 것이 꿈인데 JTBC 방송국에서 나의 꿈을 깨웠다. 내가 부친 책 『통일의 대박꽃』(시혼과 투병일기) 2권과 〈편지 5〉가 수취인 거부로 반품되어 돌아왔다. 온몸이 우선 창피스럽고 힘이 빠지고 허탈한 마음에 우선 아내 몰래 어디 숨겨야 하는데 정말 창피해서 못 살겠더라. 차라리 반품보다 그냥 미친 놈들 짓거리라고 쓰레기통에 쳐박아 버리면 나에게는 꿈이 깨지 않고 꿈속에 한 세상을 살다갈 텐데 어찌하라. 현실은 똑똑하고 잘 공부 많이 한 자들이 더 야박함을 이제사 깨달았는가. 이 쫀지리야! 그러니 너는 악마와 사탄들! 아무도 거들떠보지도 않는 그 시기들이나 사랑! 암만! 사랑해야제! 암만! ~잉! 고것이 나의 전문 분야인기라 ~요~잉! 에그! 할 일도 지랄 같은 일을 그것이 내 팔자라면 우짜겠소~잉! ~암만! 사랑해야제!

어제부터 오늘 아침까지 뇌가 찡해오며 몸이 아파온다.

3월 5일날 이대 목동 병원 피체혈 검사 X-레이 검사 MRI 검사 전에 약물 투입 주사를 맞을 때 간호사가 시원찮은 건지 잘못 찔려서 붉은 아까운 피를 좀 흘린 것 때문인지 많이 피곤하다. 오전에 알바 한 타임을 돈 2만 5천 원을 벌려고 1시간 40분을 일했더니 입에서 쓴내가 단내로 입김에 나온다. 오후엔 안산으로 가려다가 피곤해서 한강으로 나왔다. 오늘도 큰 깨달음이 또 왔다. 이제 내 육신은 죽어도 한 치의 두려움이 없어졌다. 이것이 무슨 일인가? 이화의 꽃밭 흰 눈 속에 죽지 않고 생을 주어 큰 사위 덕분에 내 나라 좋은 곳도 몇 곳에 가보았고 가족도 제법 정리를 해주었고 그러면 되었제. 나 하나 이 세상에 있고 없고는 아무런 흔적도 문제도 없으니까 마음이 곧 이 세상 신의 세상에 흔적 없는 흐름의 기 속에 귀의하는 것을 알았다. 신은 누구에게나 공평하게 세상의 놀이터에 잠깐씩 놀아 보면서 진리를 깨우쳐 가라고 주었다. 모든 생명체에는 태어남과 죽음의 소멸이 중생임을 주었고 조금 일찍 죽고 늦게 죽음일 뿐. 이 세상을 한번 보고 가는 것도 행운이지 않는가. 나의 문학 그 또한 나의 기의 유전일 뿐. 천 년 만 년 지나면 어차피 흔적 없이 소멸될 것을 애 떨지 말자.

언제 내가 처음부터 꼭 문학을 했었나. 어쩌다 보니 하게 되었고 내가 하는 일에는 최선을 다했고 그래도 절망과 좌절이라면 얼씨구절씨구 들어간다. 작년에 왔던 각설이기 죽지도 않고 또 왔네. 모두가 내 운명 내 팔자인 것을 잠시 이 한 세상 보고 느끼고 가믄 되었제 안 거런~가요~ 잉! 나는 왜 눈물이 헤픈가? 사나이가 눈물이 헤프믄 아무짝에도 쓸모가 없는 거여! 기집애도 아니고 사회 생활에 사나이 대장부가 남 앞에서 강인함을 보여야제. 나약하게 울고 짜고 쯔쯧쯧~. 큰일은 고사하고 중간 일도 못 할 팔자여. 어디에 써~ 먹을 데가 없구나. 옛말이 하나 틀리지 않는 것 잘 알고 있습니다. 나의 주위 지인 한 분은 그 결심을 죽을 만큼 결심을 해서 서울대학 장학으로 졸업하고 사회에 큰 출세를 한 분이 있는데 얼마나 강하게 자기 자신을 길을 들였으면 자기 엄마 아버지가 돌아가셨는데도 하늘을 한번 응시하고 세상을 응시하며 자기에게 다가오는 운명을 실수 없이 잘 헤쳐나가는 생각을 했다는데 나는 왜? 아무리 결심해도 눈물이 헤프니 어찌하면 좋을꼬? 눈물이 강물만큼 많으면 날씨 가물 때 채소밭에 물이나 주지 아무짝에도 내 눈물은 쓰잘 데가 없구나. 아~ 이제 깨달았다. 나의 눈물이 이 세상에 꼭 필요한 곳이 딱 한 군데가 있다~ 안카나!

장 형! 이 세상 모든 사람들이 필요하지 않는데 딱 장 형에게만 필요한 것은 악마와 사탄을 사랑하는 사람! 에라~ 그래 악마와 사탄을 사랑하거든 품속에 끼고 잠자지 그러우! 또 뭔 소리를 하려고 이세상 사람들이 모두 쓸모가 없다는데 장 형에게 딱~ 맞게 필요한 것이 뭣이래요~ 잉! ~ 암만.

"시인의 눈물은? 영혼들의 한의 노래로서 신◇에게 심금을 울리는 사연이라! 어~이 장 형! 누구를 허파를 뒤집게 웃겨서 죽는 꼴 보려고 그러시우~ 와~ 위대하다. 시인의 눈물은 삼천 리 금수강산의 영롱한 아침 이슬이요. 이슬이 잎에서 땅에 떨어지거든 풀뿌리에 새로운 생명을 주어라. 나의 눈물은 곧 그대의 한이요, 신에게 받치는 영롱한 이슬임을 이제야 깨달았습니다. 이 땅에 이 세상에 만물 만상들이여, 그대의 영혼이 한 차원 깨어난 모습으로 신◇에게 다가가고 싶거든 이 무명 시인의 눈시울에 이슬이 맺히게 하여라. 나의 눈물 한 방울이 신◇ 앞에서는 대통령 백보다 배 더 효력이 있으니 10배 더 효력이 있으니 왔다메! 쓰잘데없는 장 형! 헤픈 눈물이 다이아몬드 보석보다 더 귀하고 가치가 있다 시방! 이 말인기라~잉! 환장허겄네~ 잉! 이 세상 가장 낮은 깨달음이 저 세상에서는 가장 위에 있음이고 가장 쓰잘데없는 것이 저 세상에 가서 가장 고귀한 장 형!의 눈물이라 고것 참 아무리 생각을 해도 요리끼리 한 생각이 들구먼~잉!~ 앙!

앞으로도 내 책이 베스트셀러가 되고 노벨문학상을 탄다면 현재 지금보다 내 육체와 내 정신은 더욱 피곤할 것이 뻔한 것이라면 차라리 무명이면 어떠하리. 물론 좋은 명예를 얻는다면 이제 나이 71세이니까 죽음이 아까울 리 없겠지만 그렇게 내 인생을 살아온 것을 데이터를 쳐보면 명예를 준다면 어째거나 큰일을 해냈으니 더욱 좋고 내 아내와 내 아이들 말마따나 또 실패를 해도 이제는 좌절이 아니라 실패에 웃음이 나오는 이 웃음의 의미는 중생들은 알랑가 모를랑가 한용운 시에 님이 주시는 것이면 때림이나 꾸지람도 달게 받겠습니다. 자나 깨나 앉으나 서나 오직 님만을 그리워하는 이 마음, 그대를 사랑할 수만 있다면. 11번째 아니 12번째도 어쩌다 그대의 눈길을 한 번씩 나에게 온다면 꼴찌라도 좋으니 그대 멀리 사라지지 않고 가까이 있는 것으로도 나는 행복하나니, 그렇다 때림이나 꾸지람도 달게 받겠으니 그대를 사랑할 수만 있다면.

앵앵에게! 일찍이 바다를 보고나니 강물은 물이 아니고 청산의 흰 구름을 보고 나니 뭇 구름은 구름이 아니더이다.

장용득! 세상 만물이 꽃일지라도 꽃이라고 어이 다 님이 되리요. 오월의 그 화려한 장미꽃이 저녁에 슬피 우는 저 개구리의 울음소리를 어이 달랠 수 있으리오 연못가에서 개골개골 슬피 우는 저 개구리는 오직 한 송이 연꽃이 그리워서 우는 것이라오.

개 한 마리! 옛 주인의 사랑이 그리워서 주인이 떠나간 자리, 그 자리를 지키느라 눈이 오나 비가 오나 식음을 전폐하고 넋을 놓고 주인이 오기를 기다리는 개를 TV에서 보고 눈물이 앞을 가렸다. 아~ 한이여, 신이여! 저것을 보고 있겠지요. 신은 이 세상 어떤 어둠 속 숨 한 점까지도 알고 있음이 그것이 신의 광명☼ 빛이니까요.

난생처음
71세에 설악산에 가보았다

2018년 3월 10일 토요일

난생처음 71세에 설악산을 가보았다. 설악산의 협곡 산등선에 붙어 북풍 설한을 견디어 온 소나무를 껴안고 나는 신을 향해 울부짖었다. 흰 눈이 산을 덮은 협곡의 풍묘에 내 평생 저렇게 뾰족 쭈삣쭈삣 높이 서 있는 산은 처음 보았다. 와~ 산 같은 산을 도회지 서울 놈이 처음 본 거라! 이번에도 죽음에서 살아나온 아버님을 구경시킨다고 큰 사위가 자가용을 벤~츠로 바꾸었다고 첫 개시로 아버님, 어머님을 태워 설악산과 속초 바닷가로 1박 2일 가자고 해서 따라나섰다. 왔다메! 처음 타 본 벤츠, 옛날에 벤츠 문짝을 긁은 국산 승용차 1대 값보다 비싸다는 말은 들어본 기억을 상기하며 벤츠를 타고 동해로 간다니까 얼마나 기분이 좋은지 아내가 바깥 경치가 잘 보이게 하려고 내가 안쪽으로 앉으려고 덮썩 주저앉는데 뒷자석 안전 벨트 꼭지가 빳빳이 쳐들고 있는 위에 앉았으니 아~ 나의 똥꼬 꽁지 뼈가 어스러진 듯 숨이 꽉 막히며 아~야 소리도 못 지르고 죽어 숨 넘어가는 줄 알았다. 사위가 미안해 할까 봐 아무렇지도 않은 듯 참았지만 한 달을 넘게 깜짝깜짝 놀랄 아픔에 아~ 내 팔자여! 벤츠는 아무나 타는 차가 아닌 것을 그제야 알았구먼요. 뭣이라! 팔자에 없는 용상에 앉으면 왕관(청룡관)이 깨어진다.

옛 말이 맞는 건가 봐유. 티코나 타야 할 내 팔자에 벤츠 한번 탔다고 자랑하려다 나의 똥꼬가 깨져부렀으니~ 왔다메! 웅애!인기라예! 케이블카를 타고 금정산으로 오르는데 얼음 얼고 눈 덮인 산하를 조심히 밧줄 잡고 버팅기며 아직 내 육신이 병마에 성하지 못한 몸, 아내가 부축을 하며 올랐다. 정상까지는 눈 얼음으로 못 올라 가고 9부 등선까지 오르니 아직 겨울의 눈바람이 몹시 휘몰아쳤다. 설악의 협곡 산비탈에 서 있는 소나무들은 북풍 설한에 수많은 세월을 견디어 온 그 자태가 소나무의 몸통은 독이 오른 독사같이 짜리몽땅 굵고 가지와 솔잎들은 북풍설한을 견디느라 가지와 머리결은 동남쪽으로 휘갈겨 있음을 이 무명 시인을 만나자 눈물을 흘리고 있구나. 소나무의 저 한들을 누가 알아주나 사람들은 설악산의 비경이 아름 답다고 와~우 탄성을 지르는데 나는 아내와 사위 딸이 눈치 못 채게 소나무를 부둥켜안고 울고 있었다. ★신이여, 지금 보고 있습니까 내 설움은 엊그저께 JTBC 방송국에서 나의 책자와 편지가 수취인 거부로 되돌아 왔기에 그 충격으로 문학을 포기할 마음으로 펜을 쓰레기통에 처박고 3일째 글을 쓰지 않는 그 설움이 소나무의 한들과 어울려 구만천 봉에서 울부짖고 있음을 신에게 고하는 이 아름다운 이슬의 눈물이 어디에 있겠는가. 다시 글을 써야만 한다. 설악산의 이 소나무의 한들을 신에게 알려야 한다.

글을 쓰지 않으려고 메모지도 볼펜도 팽개쳤는데 자연의 저 한을 스케치해야 하는데 필기구가 없으니 오늘 떠오른 시상을 까먹지 않게 잘 외어두어야 하는데 아무리 뇌 속에 다짐을 하고 넣어도 또 금방 까먹는 나는 무지 까먹지 않으려고 애쓰고 있다. 속초 조금 아래 남해 항구 옆 백사장의 저녁 바다는 하얀 물갈기를 일으키며 바다에서 끝없이 바람에 밀려온다. 세파의 아픈 인고는 아랑곳하지 않고 행복한 철부지 어린 아이마냥 하얀 물갈기로 밀려온다. 저녁 바닷바람이 몹시 춥고 세차게 불어 온다. 춥다. 얼굴이 차다. 바람을 피하는 움막이 있는지 주위를 돌아보아도 움막이 없다. 추운 몸일 때 바람을 피할 움막에 들어간다면 따스한 행복을 느낄 텐데. 그렇다, 추위의 고통을 느끼지 않을 때 움막에 들어가면 따스함의 행복을 못 느끼겠지. 조금 더 추위에 떨다가 움막을 찾아간다면 행복이 더 소중하게 느껴지겠지. 아~ 이것이 깨달음이다.

이 말인기라. 그래서 느낄 때 적어 메모하라 안카나~잉! 암만! 오늘은 머릿속에 저장요. 펜션에서의 하룻밤 주인장이 벤츠를 몰고 온 사위 때문인지 아니면 나의 모습이 어딘가 무명 시인의 예술의 느낌이 있어 보이는지 어찌나 친절하여 고맙던지 하룻밤의 인연이 천 년을 간다고 했던가. 나는 고마움의 표시로 물도 전기도 아껴주고 휴지와 수건도 아내와 같이 쓰며 아껴 주고 싶었다. 나올 때도 깨끗이 정리정돈을 해 놓고 나올려니 인사동 한우 갈비방 집 주인장님의 점잖으신 분의 정중한 인사를 나에게 해주던 것이 떠올라서 나는 신에게 기도를 드린다. 신이시여, 친절한 이 두 분에게 건강과 행운을 주소서.

편지 6.
국민 헌법 개헌안에 대하여

2018년 3월 21일 수요일

국민 헌법 개헌안에 대하여!

대통령 4년 중임 혹은 연임제는 현재 미국 같은 제도 같은데 저의 생각은 반대이고 내각제도 대한민국 한반도 한민족의 정서에 맞지 않는다고 봅니다.

<이유>

1. 한민족은 삼천 리 금수강산의 정기로 세계의 동방의 아침이슬의 나라이고 산맥이 어머니의 정기로 인류역사에 남을 위대한 사람이 많이 태어날 산 정기이기 때문에 내각제의 분산책임제와 선거를 너무 자주 하는 중임, 연임제를 반대한다.
2. 선거 때만 되면 서로 네 편 내 편으로 헐뜯고 악이 난무하고 분열과 적대심으로 혼란만 초래할 선거를 자주 하면 국민의 정서적 안정과 예술의 창의성을 무너뜨리는 결과이다. 모든 국민을 정치판으로 끌어들이는 정치제도는 바람직하지 않다. 대통령에 한번 당선되면 1년은 전 정부의 잘잘못과 좋은 점을 평가하고 5년 동안은 나

라를 위해 살얼음판 위를 걷듯이 정치를 나라의 과거, 현재, 미래의 비전과 실천으로 백년대계의 기초라도 잘 닦으려면 6년 단임제가 옳을 것 같다. 그렇게 대통령에 당선이 되면 국가를 위해 헌신할 수 있게 기회의 시간을 주어야 하지 않을까?

3. 청와대와 각 부처의 감찰관은 축소하고 성균관 같은 일지를 쓰는 지식인으로 역사를 집필하고 현재 국민들이 조선 왕조를 TV로 보듯이 정확한 역사를 데이터로 한다면 부정부패하는 공직자는 역사에도 가문의 망신, 후세엔 패배자로 TV에서도 볼 수 있게 기록한다면 좋지 않을까요.

공직자는 잘잘못을 할 수 있어도 진실하여야 한다. 잘못이 있으면 그 죄의 대가를 떳떳히 치를 때 미래의 밝음이 온다. 거짓말을 하는 것은 국민을 바보로 취급하는 처사로 국민의 혈세로 먹고사는 사람이 국민을 속이고 바보 취급하는 공직자는 형벌은 조금 주어도 뉘우칠 자는 뉘우칠 것이고 부정부패의 기간 동안 월급과 그로 해서 모은 재산을 환수하고 노동자 자영업자의 힘든 삶을 체험시키며 공직자의 부정부패가 사라지고 나라가 바로 서지 않을까요? 죄를 지은 대통령은 벌을 받아야 하고 나라와 국민을 진정으로 위한 대통령님은 그 업적을 동상을 세워서 역사에 보존하는 국가가 되어야 하지 않을까요? 헌법 개헌은? 인간이 지켜야 할 기본 질서이고 진화론의 발전으로 더 나은, 더 좋은 법을 만들고 개헌하는 것이므로 현재 이 나라 TV 각 방송국에 나오는 지식인님의 5일 토론이면 그 답이 나오고 국회에 제출해야 후회 없는 헌법 개헌에 성공하지 않을까요?

편지 7.
문재인 대통령님에게

2018년 3월 22일 목요일

대통령님에게 감히 글을 올립니다. 평창 올림픽 폐막식에 북한의 김영철 천안함 폭침 총지휘관으로 지목받고 있는 사람이 북한의 평화 메시지를 들고 남한땅을 밟는단다. 자유 한국당 홍준표님 대표와 김성태 원내대표님 등 전원과 태극기 집회 박근혜 전 대통령님 부대와 천안함 유가족분들은 결사반대 투쟁으로 경인선 입구를 들어 누워 막고 김영철을 체포하라는 피켓을 들고 김정은 위원장님의 사진을 화형식하는 실로 나라의 혼탁함을 보며 펜을 들었습니다.

남한의 정부는 2017년 12월까지 한반도의 작은 나라에 핵의 무시무시한 터짐과 생화학 전쟁으로 일발촉박의 기로에서 나 자신까지도 우리 아이들이 남해의 섬으로 이사를 가자고 할 정도로 불안불안한 하루하루를 살았다. 전쟁에서 평화의 촛불 하나 동계 평창 올림픽으로 간신히 촛불이 성화봉의 횃불로 막 불을 피웠는데 문재인 대통령님의 혼신의 노력으로 간신히 북한과 평화의 물꼬를 트고 첫 삽을 물맥을 틔우려는데 서울과 경인선 반대 집회 데모가 전쟁을 하자는 것인지 나도 도무지 이해가 안 된다. 도태우 변호사님 박근혜 전 대통령님의 민사 변호를 맡아온 사람은 청와대를 대한민국 국민의 다수결로 뽑은 국민의 대통령님을 좌파 세력이니 막말과 음해를 하는 것을 보고 북한 같으면 어찌 되었을까? 독재 정권같으면 어찌 되었을까? 정말 민주주의는 ★같아도 그것이 정말 민주주의는 위대한 철학이고 더 나은 인간의 정신세계를 열어가는 것임을 나는 알고 있다. 나는 분명히 투표 때 문재인님을 찍지 않았다. 그런데도 현재 지금까지는 너무 잘하고 있고 무서울 정도로 잘하고 있음에 감사하면서도 과연 5년 임기 동안 저렇게 잘해야 할 텐데 걱정스럽다. 역대 대통령님도 처음에는 모든 분이 다 잘했지만 결과는 모든 분이 최후에 불행했던 것이 아이러니한 일이 아닐 수 없다.

나는 문재인 대통령님에게 무명 시인인 국민의 한 사람으로서 바람의 뜻을 전해본다. 대통령님! 악은 밤하늘의 반딧불입니다. 민주주의는 인생의 철학임을 깨달으면 인간으로서 실천은 참 어려운 것이지만 어렵기에 더욱 소중한 민주주의가 아니겠습니까. 촛불의 민초는 천심을 움직였고 천심은 통일의 대통령님과 북한의 김정은 위원장님의 마음을 움직였습니다. 대통령님, 악은 밤하늘의 반딧불입니다. 모두를 포옹하고 사랑하십시오. 죄는 미워하되 사람은 미워하지 말라는 성인군자의 말씀같이 적폐청산 죄를 밝히고 새로운 5차원의 시대에 모두 함께 길을 갈 수 있게 임기 전 마음으로 모두를 포옹하는 정치를 하심으로 임기 후 자서전을 쓸 때 인생이 더욱 빛이 날 것이겠지요. 꼭 한민족 삼천 리 금수강산의 통일이 세계평화와 함께 오는 것임에 먼~훗날 문재인 대통령님의 동상 앞에 인류의 후손들이 대통령님을 사랑할 것입니다. 3번째 청와대에 나의 문학책『통일의 대박꽃』(시혼과 투병일기)를 부친 것에 죄스러움에 용서를 빕니다. 앞으로는 저의 책과 글을 보내지 않겠습니다. 바쁘신 대통령님의 건강과 한민족의 통일을 신에게 기도드립니다.

교보문고에 가보았다

2018년 3월 27일 화요일

2번째 광화문 교보문고에 가보았다. 오전에 알바 한 타임을 끝내고 떨리는 마음으로 지하철을 타고 교보문고에 내 문학책 내 새끼들이 있는 것인지 어떻게 있는 것인지 갑자기 알고 싶어졌다. 그러고 보면 내가 너무 무정했나. 내 책이 교보문고 가판대에 놓여있는지 없는지도 확인하지 않고 짝사랑만 하고 있었던 나는 매사에 그렇게 일처리를 하는 못난이 습관이다. 혹시 가판대 나의 책이 놓여있지도 않다면 창피해서 이 일을 어찌할고 뭇 공상과 망상을 하며 코너마다 책을 고르는 척 기웃기웃거려보아도 교보문고가 워낙 크고 어느 코너에 있는 것인지 촌놈 티가 난다. 어느 작가들은 베스트셀러를 만들기 위해 친지나 제자들이 한꺼번에 500부씩 기본으로 책을 사간다는데 나는 이리저리 꼴이 말이 아니다. 컴퓨터 안내에게 물어보기도 창피하고 민망해서 내 책이 어느 코너에 있느냐고 물어보기가 좀~ 말이 안 떨어져서 『국민헌법자문안』 책을 한 권 사고 싶은데 못 찾았다고 했더니 컴퓨터로 쳐보더니 그 책은 아직 판매가 되지 않고 국회나 기관에 내려가 있을 뿐이라고 했다.

이차에 그러면 『통일의 대박꽃』 책은 어디에 있느냐고 물었더니 작가의 이름을 대라고 해서 차마 내 이름을 못 대고 장 아무개라고 했더니 컴퓨터에 『통일의 대박꽃』을 쳐보더니 작가 선생님은 장용득 씨고 현재 책이 안쪽에 J코너 시와 에세이에 2권이 있을 거라고 했다. 그제야 참 기분이 좋았다. 컴퓨터 안내 코너에서 작가 선생님 장용득 씨라고 불러 주었기 때문이다. 나는 그냥 책을 한 권 사러 온 것같이 감사하다는 말을 하고 얼른 J코너를 찾아갔다. 가판대 위에 앉아 아무도 찾아주지 않고 외롭게 날지 못하는 나의 문학 『통일의 대박꽃』(시혼과 투병일기), 나의 얼라들을 보는 순간 찡~해오며 눈물이 한없이 솟아 내릴 것 같아 얼른 고개를 숙이고 교보문고를 빠져나왔다. 나는 내 뒤를 돌아보며 아무도 내가 우는 모습을 본 사람은 없었겠지 행여 나를 조금이라도 아는 사람은 없었겠지. 휑~한 광화문 하늘을 한번 쳐다보고 휑~한 세상 두덜두덜 걸었다.

광화문 광장 앞에 아직도 세월호 천막이 있고 천막 앞쪽에 천막에 대학생 같은 안내자가 있었다. 나는 언뜻 내 가방 속에 언제나 나의 책 한 권을 넣고 다니던 것을 꺼내었다. 내 책 속에 「팽목항의 비운」이란 시를 펴 보이며 내가 이 책의 저자인데 지나가던 길에 만났으니 이 책 한 권을 드릴 테니 읽어보시고 천막마다 돌려가며 읽어보라고 주었다. 젊은이는 친절하게 「팽목항의 비운」 시를 조금 읽어보더니 나에게 본인이 작가 선생님이시냐고 묻길래 고개를 끄덕였더니 젊은이는 고개를 숙여 인사하며 감사하다고 하길래 앞의 신호등이 파란불로 바뀌길래 얼른 길을 건너왔다. 오늘은 그래도 작가 선생님 소리를 두 번 들었기에 기분이 참 좋다. 하지만 작가 선생님이시냐고 두 번 소리를 들었다고 기분이 어쩌고 저쩌고 하는 것을 보면 철이 없어도 한참 철이 안 든 어린아이 같으니 우예하믄 좋을꼬, 아~ 한심한 놈. 오늘도 나의 문학은 좌절되고 주위에선 제발 그만두라! 어차피 그래가지고는 안 될걸. 죽은 자식 붕알 만지며 애태우지 말고 그만하라 안카나, 아~이 일을 우찌해야 하나.

신이시여! 아직도 나에게 얄궂은 장난을 치십니까? 오늘의 실패와 좌절이 있기에 내일의 더 나은 나의 창출이 있음을 알긴 알지만 여기서 내 문학을 포기할 내 성격이 아니지 신이 콱! 그만하라고 모가지를 잡고 처박을 때까지는 현실의 주어진 일에 최선을 다해야 내가 신 앞에 가 설 때 당당히 할 만큼 다 했다고 말할 수 있지 않을까요?

나의 마지막 3번째 편지

2018년 3월 29일 목요일

3번째 편지를 마지막으로 우체국에 가서 부치나니 사랑하는 사람이여, 그러면 안녕! 컴맹인 나는 큰딸에게 3번째 마지막 부탁으로 내가 원하는 주소를 알아주었다. 이제 나의 문학 종이학을 이 세상을 향해 마지막으로 날려본다. 편지 7통과 『통일의 대박꽃』 책 1권씩을 넣고 택배로 우체국에 가서 부쳤다

〈받을 사람〉

서울시 종로구 청와대로 1 청와대 민정수석실 앞

서울시 영등포구 여의도 의사당 대로 1 국회의장 정세균님, 평민당 박지원님,

한국당 대표 홍준표님, 미래당 대표 유승민님, 정의당 대표 노회찬님 앞

서울시 마포구 상암산로 76 YTN 24시 편집 보도국 앞

서울시 종로구 율곡로 2길 29-1 연합뉴스빌딩 23 편집 보도국 앞

서울시 영등포구 여의공원로 13 한국방송공사 KBS1

서울시 영등포구 여의 대방로 359 한국방송공사 KBS2

서울시 양천구 목동서로 161 방송센터 SBS 5

서울시 중구 세종대로 21길 33 TV조선 19

서울시 마포구 상암동 산로 48-6 JTBC 방송국 17 편집 보도국 앞

서울시 영등포구 의사당 대로 1 국회방송국 3 편집 보도국 앞

〈지식인님〉

김종래님 대전광역시 유성구 대학로 99 충남대 특임 교수님

윤지관님 서울시 도봉구 삼양로 114길 33 덕성여대 영문학 교수님

김형준님 서울시 서대문구 거북골로 34 명지대 교수님

최창열님 경기도 용인시 처인구 용인대학로 134 용인대 교수님

김윤철님 서울시 동대문구 경희대로 26 경희대 교수님

장성호님 서울시 광진구 능동로 120 건국대 행정 대학원장님

홍현의님 경기도 성남시 수정구 대왕판교로 851길 20 세종연구 수석 위원님

고유환님 서울시 중구 필동로 1길 130 동국대 북한학과 교수님

방민호님 서울대학 국어 국문과 교수님 앞으로 편지 7통과 『통일의 대박꽃』 책 한 권씩 그외 위의 학교 총학생회실 앞과 서울대, 연대, 교대, 총학생회실 앞으로도 편지와 책을 부쳤다. 신의 이름으로 나의 문학 종이학을 마지막 이소비행을 날려보았다. 무명의 이름으로 새싹이 돋는다면 그것은 신의 이름이 빛날 것이요, 헛쭉정이로 무의미하게 죽어간다 해도 인간만사 그것이 내 운명의 팔자임을 나는 마음에 받아들였고 하지만 사람은 개꿈이라도 꾸며 인생을 사는 것이 좋다. 이제 내가 할 수 있는 짓은 다 했다. 신 앞에 가서도 나의 할 일을 열심히 했기에 당당하고 미소를 지을 것이다. 지금의 내 마음은 똥 밟고 똥 씹은 심정이다.

선유도에도 봄이 왔다

2018년 4월 2일 월요일

한강 선유도에도 봄이 왔다. 언 겨울의 세상을 견디어 온 마른 나무들과 핏기 잃은 잔디들이 푸릇푸릇 파랗게 돋아나 있고 꽃들도 피었다. 아내와 강아지도 서울의 봄이 왔음에 좋아라 한다. 인생이 이러면 되었제 누군 용 뿔 빼는 재주가 있는감~ 암만~! 잉!

연록색의 수양버들 가지들이 봄바람의 향연에 춤을 춘다. 매화꽃 복사꽃 벚꽃들이 억눌린 겨울을 견디어 온 보람을 화사하게 햇살에 반짝인다. 새들도 청춘남녀도 짝을 만나 선유도의 봄 잔치에 자랑하며 쪽쪽이 사랑들을 나누느라 난리도 아니다. 선유도의 명당자리는 작은 폭포가 내려오고 시골 야생꽃밭 같은 반지하 위 마루다리 위의 쉼터이다. 나와 아내와 강아지와 셋이 앉으니 축 널어진 벚꽃 가지가 하늘지붕으로 덮어주어 어사또 의관을 쓴 것 같았다. 마지막 편지 종이학 등 위에 실어 날린 통일의 대박꽃에 좋은 소식이 있어야 할 텐데. 모처럼 서울의 공기도 맑아서 선유도의 첫 봄은 싱그러웠다.

내 삶의 밑바닥을 쳤다

2018년 4월 4일 수요일

나의 일생에 삶의 족쇄가 또 옥죄여 온다. 현재 나는 간암 시술로 자영업도 포기하고 아직 노동도 할 수가 없는 몸이다. 지금까지 내 집에 생활비를 월 150만 원씩을 주던 것을 지금 내 통장에는 잔고 4만 원과 호주머니에 7천 원만 남아있다. 5월 달부터 어찌해야 하는지 난감한 궁리를 짜본다. 내일을 너무 걱정하지 말라. 오늘과 내일에 내가 할 일만 생각하라. 신의 당부의 말씀이었건만 나의 마음은 또 좌절과 절망이 엄습해 온다. 신이 어디에 있는가? 있으면 하늘에 번개라도 몇 번 치는 기적을 나에게 보여보라. 이렇게 중얼거리면서도 나는 이미 신의 순수의 빛 진리에 물들어 아름다운 단풍잎으로 바람에 흔들린다.

오늘은 아내 몰래 인감도장과 통장을 챙기면서 아내에겐 아무 짓도 아닌 척 챙겨서 국민은행 대출과로 향했다. 내 생각엔 현재 서교동 빌라 32평이면 싯가 4억은 갈 텐데 은행대출 빚이 1천만 원 남았으니 3천만 원을 더 대출을 받으면 매달 이자 0.4%로 잡아도 2년은 생활을 하고 2년 후 그때 집을 팔고 변두리 전세로 가든지 우선을 해결해야 되지 않는가 하고 대출과에 갔다. 부끄러운 심정으로 주민등록증과 통장을 내밀며 3천만 원만 더 대출을 해달라고 했다. 은행 여직원은 컴퓨터를 쳤고 아직 빚이 1천만 원이 남아있는 것을 확인한 후 지금은 정부에서 소득이 없는 사람은 일체 대출이 규제되어 있어서 못 해 준단다. 그 말을 듣는 순간 당황하고 난감했다. 아니! 작년에 여기 이 자리 아가씨에게 3천만원 빚을 갚을 때 분명히 아가씨가 아파트는 80%, 빌라는 감정가에서 60%까지 대출이 된다고 했는데 지금 와서 안 된다고 하면 나는 당장 다음 달부터 돈이 한 푼도 없는 것을 내 통장을 보면 알지 않느냐. 그리고 담보가 충분한데 은행 두고 사채를 쓰라는 것이냐. 독재도 아니고 평생을 착하게 살아온 죄로 지금 사채의 암흑 구덩이에 나를 처넣으려 하는 것이냐고 따졌다.

은행 여직원은 정부의 시책에 따라야 하기에 안타깝지만 소득이 없는 사람은 한 푼도 대출이 안 된다고 했다. 이제 나는 어찌해야 하는가. 은행에서 무너지는 내 마음을 추스릴 힘도 없이 일어서는데 은행 아가씨가 최불암 씨가 나온 포스터를 가리키며 한국 주택금융공사 1688-8114로 문의 상담을 한번 해 보란다. 학벌이 짧아 서류 하나 제대로 못 쓰는 나는 고개를 숙여 속으로 감사하다는 표시를 하고 은행문을 나왔다.

동네 부동산 3곳을 가보았는데 손님이 한 사람도 없고 자영업 모두 죽을 상이다. 작년 여름부터 문재인님이 대통령 되고부터 지금까지 서교동 빌라를 판 집이 딱 한 곳뿐이고 4억도 아니고 3억 6천에 거래된 것뿐이라고 했다. 젠장 웬만한 동네 아파트 32평이면 18~20억 간다는데 빌라로 오기 전에 아내가 고척동에 30평 아파트로 가자고 했을 때 나는 가기 싫었지. 고척교 그 뚝방 내 시혼들에 진절머리가 친 그곳에 또 이사 가기가 싫어서 안 간다고 해서 서교동 32평 빌라로 이사온 것이 나는 왜? 내 인생이 이다지도 배배 꼬였는지 모르겠다.

4월 16일 월요일 나는 오후에 한국 주택 금융공사 1688-8114로 전화를 했다. 친절히 나의 설명을 듣고는 서울 중구 남대문로 5가 6-1 타워빌딩 3층에 있는 중부지점 02-2014-7541로 문의 및 방문하란다. 나는 또 시부렁거린다. 무슨 놈의 공사인지 나발인지 서울이 본사이고 지방이 지점이야 맞는 이치이지 거꾸로 바뀌었다고 궁시렁대고 있는데 한동준 실장님이 친절하게 공무원답게 안내를 해주며 나의 집 위치와 주소를 가르쳐주니 이미 벌써 답이 나오는 빠꾸미들이다. 척하면 삼천 리 금수강산 집하면 주택금융공사 아싸! 하며 너깡네깡 뽀빠이다.

은행빚 1천만 원을 갚아주고 100세 기준으로 할 때 현재 시세로는 매월 90만 원 정도는 나갈 것 같고 아직 확실하지는 않은 것임을 강조했다. 나는 참 걱정이다. 최하 월 100만 원은 되어야 생활을 할 텐데. 내 무능의 한계가 이것뿐이니 어찌겠는가. 그리고 구비 서류도 핸드폰 문자로 보내왔는데 내 평생토록 이런 서류는 처음 들어보는 것들이다.

〈서류구비〉

1. 주택연금 신청서 1부
2. 주택연금 상담 의뢰서 1부
3. 부부체 증명서 1부
4. 주민등록등본 2통
5. 주민등록초본 1통
6. 전입세대 열람내역(세대주 성명 다 나오게) 1통
7. 가족관계증명서(상세하게) 1통
8. 인감증명서(소유자) 2통
9. 인감증명서(배우자) 1통

10. 인감도장 두 분 것 지참요

11. 주민등록증 신분증 지참요

12. 등기권리증과 감정비 3만 원 현금지참요

*구비서류가 준비되면 사전예약 전화를 하시고 중부지사 한동준 실장을 찾아오란다

왔다메, 우야꼬마! 가방끈이 짧지 좌측 귀가 멍통이지 눈도 노환이지 서류라면 진땀부터 나오는 나는, 우찌해야 좋을꼬~잉! ~앙! 콱! 깨물어 버려~잉!

일단 부딪쳐보자. 되든지 안 되든지 답은 나오겠지. 나는 지하철을 타고 동 주민센터를 찾아갔다. 일단 번호표 먼저 뽑고 기다렸다가 차례가 되어서 서류를 적은 것을 내밀었다. 애초에 모든 일이 한 번에 되는 일이 없는 운명을 타고 난 팔자려니 이렇게 많은 서류가 통과될 생각도 안 하고 내밀었다. 동회 여직원의 지시에 따라 용지 보관장에서 몇 번의 무얼 갖고 오라는 대로 나는 식은땀을 흘리며 부지런히 움직이며 서류 작성 때는 안경을 꺼내 쓰고도 어디에 어떻게 쓰는지 무식이가 나의 뺀드롬한 얼굴의 기를 팍 숨죽여 놓는다. 숨을 죽여 김치를 담거나 말거나 제법 몇 장을 완성했는데 이번에는 큰 암바위에 부딪쳤다. 여직원이 난감해하며 도저히 해결 못 하고 한 급이 높은 남자분이 등장하여 나하고 맞짱을 뜨잔다. 주민등록등본에는 나의 생년월일이 1948년생 3월 15일인데 호적초본에는 3월 5일로 되어있어서 서류를 떼어가야 사용이 안 된단다. 나는 웃었다. 예전 같으면 짜증을 내고 팔자타령을 했을 터인데 요즘은 깨달음이 와서 그런지 아니면 직장이 없으니 시간이 바쁘지 않아서 그런지는 몰라도 짜증스럽지가 않고 미소를 띠며 그러면 어찌하면

좋으냐고 물었다 "틀린 이유는?" 본적을 경북 감포에서 서울 마포구 성산동으로 옮길 때 동회 직원의 실수로 3.5를 315를 적었기 때문이다. 그 시절은 날짜 하나를 고칠 때도 법원에 가서 재판을 받아야 고쳐주던 40몇 년 전의 일이다. 그 이후에 지금까지 수많은 나의 거래는 3월 15일로 사용해 왔는데 이제 고쳐야 한다니 세상 참 ★같아서 웃음밖에 안 나온다.

하는 수 없이 요즘은 구청에 신고하면 5일 내로 새로 나온다고 해서 5일을 기다렸다가 동회에서 필요한 서류를 모두 떼고 은행 서류를 떼러 갔는데 은행에서도 지금까지 내 거래의 생년월일을 모두 고쳐야 된단다. 이 무슨 뚱딴지 잠자다가 봉창 두드리는 것인지 운명도 참 고얀 나의 운명에 쓴 미소가 일어나지 않을 수가 있겠는가. 운명! 그렇다. 어쩌면 나의 운명, 3월 5일이 좋은 것인데 어떤 공무원이 3월 15일로 잘못 찍었기에 지금까지 배배 꼬인 내 운명이 홍준표님, 배배꼬인 말씀은 내 운명의 배배 꼬인 운명 앞에서는 아마도 빗물이 아니고 깨갱일 거야. 이제 내 운명이 본래 흙이니 흙으로 돌아간다는 외국 시인님 말마따나 점 하나 오차 때문에 70세 이후에 팔자가 좋아졌다면 이것을 두고 신파극단에서 웃어야 하나요 울어야 하남요~잉! 애! 그렇다. 어쩌면 생년월일을 고치고 나의 문학 내 얼라들이 꿈을 펼쳐 종이학의 등허리에 타고 세상을 훨훨 날아서 베스트셀러가 되고 남북통일이 되고 세계평화가 오고 노벨 문학상은 어찌면 평화상까지 받을 개꿈을 꾸고 있으니 참 한심하죠~잉!

나는 신에게 조용히 여쭈어 본다. 개꿈은 버리는 것이 좋은지 개꿈이라도 꾸는 것이 좋은 것인지 내 주위의 모든 사람들과 아니 이 세상 모든 사람들이 안 되는 개꿈은 버리라고 하는데 어찌면 좋데요~잉!

신의 답변! 헛꿈이라도 꾸렴! 개꿈 속에 창작이 있고 창출이 있는 것이야. 넋 놓고 멍 때리고 있는 것보다 평생을 실패하고 좌절하고 그로 해서 무명으로 죽은 들 그 속에 더 나은 자기 자신이 되어있음을 인정하라. 이제 쫀지리가 해야 할 일을 가르쳐주겠다. 나는 신의 이 말씀에 이제야 나의 갈 길을 가르쳐 주는 것이니 신이 내리는 운명이니 무엇이 든지 열심히 하면 되겠구나. 마음에 희망이 찬연히 피어올랐다. 너는, 두 마리의 토끼를 다 잡는 신비의 성좌로 이 땅에 잠깐 태어났다가 죽음으로 가는 똑같은 인간 사람임을 명심해라.

1. 기적을 바라지 말라. 2. 부와 명예를 바라지 말라. 3. 죽음이 아닌 것을 바라지 말라 너의 사명은 ① 잘되면 좋은 것이고 ② 실패와 좌절, 죽음이라도 좋은 세상의 이치를 깨달아야 한다. 요로코롬 너의 사명이고 너의 운명이니라. 나는 어~이, "신-◊-하고 할 말이 있어서 부르는데 신은 '펑!' 하고 TV 연속극같이 사라져버렸다. 나는 닭 쫓던 개가 되어 닭이 날아 올라간 초가지붕만 쳐다본다.

4월 24일, 오늘은 내 평생 최하의 밑바닥을 쳤다. 내 평생 모은 재산 빌라 한 채를 주택 금융공사에 맡겼다. 빌라 감정가 3억8천7백만 원으로 매달 1백2만 원씩 아내와 나 둘 다 마지막까지 나오는 종신형이고 죽음 후는 계산을 하고도 남은 돈은 자식에게 유산으로 나누어 주며 그 전이라도 처분할 수도 있는 좋은 제도인 것 같다. 나는 이제 나이도 있고 아직 병이 완치가 아니어서 노동을 할 수가 없다. 친구 집에서 먹고 잠자고는 되니까 아내에게 매월 1백만 원과 65세 이상 어려운 사람에게 나오는 아내와 나의 것 40만 원을 아내 앞으로 다 주었다. 나의 용돈은 어쩌다 알바 한 타임씩 하면 벌어서 쓰겠지. 마음을 먹으니 세상에 이제야 내 삶에 족쇄가 풀리는 것 같다. 은행 대출이 안 된다고 불만으로 욕을 하고 돌아섰는데 이런 제도를 만든 정부와 나랏님이 참 감사할 뿐이다. 5월 4일 내일이 어린이날인데 할아버지가 어린 손자손녀에게 용돈 한 푼 못 주고 집을 나와서 눈물이 울컥 올라와서 한없이 울었다. 5월 8일 큰딸 작은딸들이 10만 원씩 아버지 쓰라고 주었기에 나는 또 부자가 되었다.

5월 12일부터 한국주택 금융공사에서 매월 1백2만 원씩 나와서 이제 내 집 생활비 걱정은 〈끝〉 따르르르르렁 평생 삶의 족쇄에 묶여 일생동안의 영화가 종 치고 끝났다는 것이다. 아~ 신이여, 이런 좋은 팔자를 나에게 주십니까. 이것은 이래가 안 됩니다. 69세까지 죽도록 열심히 일하고 이제 그만하라고 쉬어라고 해도 못 쉬는 나를 알고 위를 3곳에 옴불개 빵꾸를 내서 피를 뽑고, 119 앰블런스에 실어가서 돼지 생 멱 따듯이 죽여놓고 살려서 그동안 고생 많이 했다고 그렇게 좋은 팔자를 주십니까? 내 평생 삶의 족쇄는 풀렸고 12일 토요일은 친구와 속초에 가서 물회를 먹고 공기 좋은 속초에서 숨을 크게 쉬며 살아볼까나 하고 고성, 대진까지 시내버스를 타고 바닷가 쪽으로 가고 오니 요놈의 왠수 같은 팔자가 왜 이리 좋뇨, 왜 이리 좋뇨.

부동산에도 들려보고 고속버스를 타고 서울로 왔찌롱!~암만! 평생 나의 팔자가 어찌면 3.5를 315로 점 하나 생년월일 잘못 찍어서 인생을 개고생했나 싶어서 지난날의 고생은 후회가 없고 이제사 요놈의 팔자가 왜 이리 좋뇨. 웃어야 하남요, 울어야 하남요. 헌데 거시기 나의 문학 얼라들 내 새끼들은 날지도 못하고 어쩌고 있대요. 내 사랑하는 나의 문학 얼라들 조금 더 참고 있거라. 제2탄 나갈 때까지~안녕!

국회에서 희망의 답신이 왔다

2018년 4월 10일 화요일

아침에 까치가 나의 집 아파트 공터 나무 위에서 그렇게 울부짖더니 내 평생 처음이자 마지막 나의 편지에 답장이 처음으로 왔다.

국회 사무처

수신자 : 장용득 (서울특별시 영등포구 당산동)

(경우) 제목 민원회신

귀하가 국회에 제출하신 진정(관리번호 2003392.2018.3.21 접수)를 공람하였습니다〈끝〉

대한민국 국회 07233 서울시 영등포구 여의도 의사당대로 1 국회 사무총장 (인)

민원 지원관 박철환 서기관 이계명 국회민원 지원센터장 정명호

시행 국회 민원지원 2008 2018.4.09 접수 의원회관 220호 전송

이 한 통의 답장 소포가 이렇게 반가울 줄이야. 나는 눈물이 찔끔 나왔다.

밤마다 3일을 아내 몰래 내 가슴에 품고 잠들곤 했다. 누군지 국회에 접수해준 고마운 어느 분에게 건강과 행운이 함께하길 신에게 기도하였습니다. 이다음 만나면 고마운 인사를 꼭 드리겠습니다.

개코나 신이 있기나 하는감요

2018년 4월 14일 토요일

아침에 봄비가 희꾸무리한 날씨 속에 부슬부슬 내린다. 나는 밤 0.2시 20분에 일어나서 0.3시에 신에게◇ 기도를 올렸다. 내 육체의 세포들이 건강한 체질은 아니지만 그나마 자잘하게 잘난 유전자를 받아서 고마움을 느낀다. 아침 뉴~스에 러시아의 도움을 받고 있는 시리아 정부군이 반정부를 공격한다며 생화학 무기를 사용해서 민간인과 어린아이들이 학교 가는 차를 공격해서 죄 없는 어린 천사들이 40명이 죽고 병원 갔단다. 착하고 약한 자는 죽어가고 강자는 당당히 살아서 호의호식호색을 즐기고 있고, 박경리 작가님의 『토지』에서 일본 왜놈 순사에게 한마을 젊은이들을 무더기 학살하고 현기현 작가님의 『순이 삼촌』에서 제주도 한마을을 빨갱이 누명을 씌워 대참살하는 광경이 이 지구촌의 자연의 신비는 말이 없고 순진한데 수도 없이 약자가 죽어가는 동물세계가 하는 짓을 우리 사람이 우찌 그런 일을 할 수 있단 말인가. 이 모든 것이 신이 창조하셨다면 어디 말을 좀 해보시던가. 신◇이 이 쪼지리 앞에서 변명을 해보시던가요~암! 여러분, 귓속말로 나에게 귀 좀 대보세용! 소곤소곤 내가 신 앞에서 질문을 참 잘했찌용! 이럴 때 박수가 짝짝 나와야 분위기를 띄우는 여러분은? 뚜쟁이가 되는 것이라니까요~잉! 암만! 신이 개코나 있기나 있는 것입니까?

있는 것을 증명하시려면 요 쫀지리의 질문 3가지만 정답으로 맞춰 보세용!

1. 로또 복권 번호를 연속 3번만 말해주세용~ 암만 못 맞추시죠, 그렇다니까요~잉!
2. 죽었던 사람을 사람들이 볼 수 있게 눈으로 확인할 수 있게 부활해보시라니까요~잉!

역시나가 그시기 무시기로 못 할 줄 알았다니까요~. 내가.

3. TV 연속극을 보면 하늘이 노여워하면 우르르쾅쾅 번쩍번쩍 번개가 사람 기죽이던데 그것이 자연의 현상이 아니고 신의 노여워할 때 그렇다는 것을 어디 3번만 보여주실래요, 못 하시죠! 그러면 신이 할 수 있는 것이 아무것도 없고 네가 알아서 해라. 잘되면 신의 탓이고 못되면 너의 탓이로다. 요로코롬 말씀하실려 그러시죠~잉! 암! 내가 꼭 찔렀죠.

신의 답변에? 나 쫀지리, 쥐구멍에라도 들어가서 숨어 있고 싶은 심정이다. 왜?냐고 묻지 말라. 신 앞에서 나의 질문은 쓰잘데없는 헛소리로서 대갈통 꿀밤 한 대 쥐어 박혀도 싸아싸! 헛소리의 대가로 꿀밤 한 대는 값이 싸다는 뜻이다. 제대로 헛소리의 죄의 댓값은 꿀밤 됫 대 쥐어박히고 머리통에 혹이 이만하게 나와야만 제값을 치른 죄의 값이라 이말인기라.

1번 답변~ 신이 로또복권을 연속으로 3번을 맞추는 것을 이 세상 사람들이 보고 확인을 한다면 이 세상 사람들이 모두 신에게 달려오고 매달릴 텐데 어이 쫀지리 너라면 감당할 수가 있겠는가. 아닙니다! 제가 잘못 생각을 했구먼요~잉! 세상을 인간이 우찌 다 알 수 있는 것인감요. 설령 다 알면 공기 속에, 허공 속에 저 많은 세균과 물질을 먹고 받고 주는 것을 알면 인간은 10분도 못 살 거예요. 그래서 신이 진화론 속에서 인간은 조금씩 깨어가라고 저에게 말씀하시는 것이겠죠~잉! 알고 있구먼요~잉!

2번 답변~ 신이 너에게 사람들이 보는 앞에서 하늘의 기적을 내려 앉은뱅이를 걷게 하고 칼로 바다를 내리치면 바닷물이 양쪽으로 갈라지며 길이 나오고 죽어가는 사람들을 모두 살리고 안타까운 죽음, 시리아의 어린이 쫀지리, 네가 말하는 『토지』의 일본놈들의 대학살, 『순이 삼촌』 제주도의 마을 대참살, 지금도 안타깝게 일어나는 무고한 생명의 죽음을 신이 모두 한꺼번에 지구촌에 평화를 주기를 바라느냐. 그래 1편 『통일의 대박꽃』(시혼과 투병일기)에 서술했듯이 지구촌의 사람도 동물도 식물도 죽이지 않고 죽지 않게 하기를 진정 원하느냐.

나, 아닙니다. 그 다음 신이 말씀하고자 하는 것을 제가 대변해 볼께요~잉! 평생을 매롱매롱 초롱초롱을 준다면 매롱매롱 초롱초롱이 어디서 왔는가? 원산지 표시를 보고 물품을 가져야지. 세상은 상대성 이론, 아인슈타인인가, 뉴턴인가? 천체 물리학을 연구한다는 천재들이 쬐금 밝혔듯이 성좌는 악에서 새싹이 돋아난 것이 매롱매롱은 허물허물 섞은 것이 본산이고, 초롱초롱은 시궁창이 고행이 아니라 신이시여, 요로코롬 이야기하려고 그러시죠~앵! 암만! 어~이 쫀지리 제법인데 많이 컸다~앙! 잘난 체하지 말거래잉! 부탁이야~암요.

3번 답변~ 신이 너에게 사람들이 보는 앞에서 하늘에서 천둥번개가 너의 손아귀에 움직임으로 내리쳐주고 사람들이 너를 진정한 성좌로 인정해주기를 은근히 바라고 있음이지. 너는 깨달았는데 사람들이 너의 얼굴을 보고도 모르는 것에 불만이겠지. 에~라! 그래서 너는 철없는 어린 나비로 똥막대기로 대갈통을 한대 쥐어 박혀야 된다. 이 말인기라. 군자는 욕망의 진리로 명예도 빼고 -◇- 순수의 진리만으로 세상을 가는 것이다. 똥막대기로 대갈통 한 대를 맞고 나니 이제 정신이 드느냐. 이놈아! 너의 마음속에 허영심을 빼거라. 노벨 문학상이니 베스트셀러니 하는 허영심을 빼야 두 마리 토끼를 모두 잡는 쫀지리의 진리의 길임을 알아라. 그냥 오늘에 주어진 너의 일에만 열심히 하면 된다. 이 말인기라 너는 인간이고 똑같은 사람으로서 5차원의 세상을 느끼고 깨달은 것을 문학으로 글을 써보는 것이야. 영혼은 풀잎 하나, 이슬 한 방울, 우주의 기 속에 있음이 신의-◇- 빛임을 알면 어느 지옥 어느 어둠 속에도 신의 -◇-빛이 있음이고 너의 질문에 『토지』, 『순이 삼촌』, 그외 억울하게 청춘에 혹은 어린아이로 죽음으로 사라진 것도 너무 애통해하지 말라. 『토지』의 마을 젊은 사람들이 일본놈의 총탄에 억울하게 죽었다 해도 죽은 사람들은 연속극의 엑스트라이고 박경리님 작가는 주인공이다 이 말인기라.

중생의 엑스트라들도 진리로 잠깐 깨어난 연기를 하고 죽었으면 후생에서 신에게 발탁이 되면 전생의 발탁으로 다음 중생에 좋은 주인공으로 태어날 수 있음이 교회 예수님에서는 모두가 내 탓이요라고 했고 불고 석가모니님은 모두가 나의 업이다라고 우주의 영혼 속을 말씀하신 것이다. 어~이 쫀지리야, 아직도 신의 이름으로 로또 복권 번호를 맞추고 하늘에서 번개가 내리쳐서 너를 성좌로 사람들이 따르고 세계 사람들이 너에게 모두 몰려오면 너는 어떡할 건데. 아직도 억울하게 죽은 사람과 악당들은 연생에서 그 죄의 대가를 중생에서 지은 죄의 3배를 더 받을 것임 외에 또 질문이 있느냐? "아니요, 됐구먼요~잉~."

어~이! 쫀지리야, 그래도 인생은 개꿈이라도 꾸는 것이 한 세상을 멍때리고 살아가는 것보다 훨씬 낫다 안카나! 어디 하늘을 보며 팔로 V자로 우러러 한 점 부끄럼 없기를 잎새에 이는 바람에도 나도 괴로워했다. 야! 쫀지리야, 어디로 엇길로 글을 쓰느냐 할렐루야가 나와야 되는 거아이가 너의 집 강아지 써~니 숫놈이 암놈이 똥오줌 냄새를 향수로 착각하고 자꾸 엇길로 너를 끌고 가더니 너도 고것을 닮아서 '신'인 나를 엇길로 데려가느냐? 1편 『통일의 대박꽃』 153페이지에 가수 이애란인가 가가 신이 80세에 저세상으로 데려간다는데도 "뭣이라! 아직은 젊어서 못 간다고 전해라." 요로코롬 빠락빠락 떠들더니만 어~이 쫀지리 이제는 엇길로 갈려고 작정을 한 것이야-잉! 암만! 얼씨고 들어간다 작년에 왔던 각설이. 야! 쫀지리 아~이구 골 때리네! 거봐유 인생은 매롱매롱 초롱초롱이 영원히 없고 바다와 같이 파도가 치고 간혹 태풍도 친다니까요~잉! 암만! 그래 참 잘났네그려! 암만! 요.

나 성좌 안 할래요

2018년 4월 25일 수요일

거짓말이 진실보다 더 진리일 때가 있다. 공자 왈!

"나, 성좌 안 할래요"

신이시여! 진실하라 진실만이 신 앞에 떳떳해진다. 요로코롬 조댕이 나불대던 내가 중국의 상승 유비왕이 아들목에 칼을 겨루고 거짓말을 하면 죽음이다 할 때 공자님은 유비왕의 아들 왕세자에게 거짓말을 해야 한다고 말을 해서 험한 고비를 넘기고 이 다음 유비왕의 자리를 물려받아서 훌륭한 왕의 업적을 남겼고 한반도 고려 초기에 궁예의 중이 자기가 미래에 나타날 부처님의 예언대로 미륵불이라고 자처하며 백성들 중생들을 진실로 제도한다는 명목으로 관심법으로 다스린다며 거짓말을 하는 사람은 무조건 처형시키는 미친놈의 왕이 되었다.

왕건은 궁예 나라의 최고 장군으로서 궁예의 양아들로 있는 중에 전쟁터마다 이기고 돌아오고 마음이 착하니 백성들은 궁예보다 왕건을 더 좋아하는 것에 궁예의 심통술 관심법에 걸려들었다. 궁예왕은 궁궐 안 모든 대신과 장군들을 불러세워놓고 왕건에게 묻는다. 항간에 떠도는 소문이 왕인 나를 몰아내고 왕건이가 왕이 되려고 한다는 것인데 나의 관심법으로 너를 보니 너의 표정 나를 저주하고 있음이 딱 걸렸다.

만약에 내 관심법을 무시하고 거짓말을 하면 왕건 장군이든지 나의 양아들도 죽일 것이다. 그러나 사실대로 말하면 목숨은 살려줄 것을 약속할 것이니 바른 대로 말하여라. 왕건은 추호도 그런 마음을 가져본 적이 없다고 떳떳히 말하려고 할 때 그때 마침 궁예의 책사가 왕건 앞에 필기구를 떨어뜨리고 왕건에게 슬쩍 꾹 찌르며 궁예의 자존심을 건드리지 말고 잠깐 그런 생각을 가진 적이 있다고 말씀하세요라고 귀뜸해주었고, 책사의 말이 곧 법이니 왕건은 마음먹지도 않았는 것을 하늘의 계시를 받은 듯 얼굴에 귀기를 띠었고 궁예 왕에게 무릎을 꿇고 목을 내놓으며 전투에서 이기고 돌아온 장군에게 백성들이 잠깐 환호해주는 것이 눈이 멀어 잠시 그 생각을 했으나 그것은 천륜을 저버리는 것이라 생각되어 죄만 짓게 되었으니 죽어 마땅하오니 죽여달라고 했다. 궁예는 껄껄껄 웃으며 그러면 그렇지, 내 관심법이 지금까지 한번도 빗나간 일이 없거늘 오늘 하마터면 너를 죽일 뻔했구나, 왕건은 내일 당장 북방으로 가서 오랑캐들과 싸워서 나라에 공을 세워라 하며 멀리 내쫓았다.

진실이 아니고 거짓말을 했기에 목숨을 구하고 이다음에 고려 시조 왕건 왕이 되어 삼국 한반도 통일을 하고 백제 견훤왕을 생포해서도 왕으로 형님 같은 우대를 해주는 훌륭한 왕으로서 역사에 그 이름이 남지 않았습니까. 만약에 진실로 나갔으면 허망한 죽음뿐인데 우찌란 말입니까, 나는 성좌 안 할래요. 아뿔사! 진실하라. 그리하여 내 책이 유명해졌으면 우예할 뻔했노. 백지영! 가수 노래 '총 맞은 것처럼' 내 마음속에 진실의 진리에 피가 총 맞은 구멍으로 줄줄 흘러빠져 나가고 있는데도 나는 휑~한 세상에 멍 때리고 서있다. 무명 시인아! 영혼의 세계 5차원의 깨달음의 성좌는 두 마리 토끼를 다 잡아야 함을 잊었느냐. 영생의 세계는 중생의 애착도 끊어야 마하반야 바라밀타심경 색불이 공공

불이의 세계에 도달함이 곧 신의 세계◇ 순수의 빛 광명천지를 잊었느냐 죽고 살고에 연연하지 말라. 죽음에 연연하지 않으면 왕이면 뭣하고 명예면 뭣하리 오직 깨달음의 세계에 좀 더 나아가는 길이 현명한 진리이니라. 쫀지리야! 궁예의 미친 짐승 같은 자에게 진실이 통하겠느냐? 유비왕의 심정은 공자님이 책사로 있을 때 유비왕의 심정을 알고 있기 때문에 진실보다 거짓말이 유비왕도 살리고 아들도 살리는 것이기 때문에 공자님의 지혜로운 판단일게야.

중국의 그 유명한 『손자병법』에 적을 알고 나를 알면 심사숙고하면 백전백승라고 하지 않느냐. 무명 시인아! 이제 삶의 족쇄도 풀어주었고 나이도 71세면 노동도 무리하게 하지 않아도 되고 자영업 한다고 인간 상대 스트레스도 많이 받지 않아도 되고 이 세상 지금의 너같이 팔자가 좋은 놈 있으면 나와 보라고 그래! 가장 중요한 돈이 좀 없어서 그렇지 돈 빼고 팔자가 갑자기 좋아진 것을 이해가 안 되지~. 암만! 이해를 꼭 하려고 애쓰지 말아라. 육신은 게으름 떨지 말고 운동의 노력을 하고 정신은 창작의 창출 문학으로 글을 쓰는 것이 영혼을 위하는 것이니 좋지 않으냐. 무명 시인아! 너가 어려울 때 언제든지 너의 깨어난 영혼으로 신에게 질문을 하라. 그러하면 신◇의 빛이 두 마리 토끼를 모두 잡는 진리의 법을 가르쳐 줄 것이다.

개고기 식용과 최저임금에 대하여

그렇다. 요즘은 TV를 보며 많이 공부하며 배우고 나의 깨달은 단계를 지식인님과도 비례를 하며 데이터를 하곤 하는데 그것도 이제는 마쳐야겠다. 3가지만 더 적고,

1. 개고기 식용에 반대와 찬성을 청와대에 신문고를 보며 나의 생각을 적어본다.

*찬성론은? 모든 가축은 사람이 먹게 되어있고 개고기는 옛날에는 폐병 환자들이 먹고 죽을 병을 고치고 요즘은 보신용으로 여름이면 몸보신용으로 먹어왔던 것을 왜? 못 먹게 할 이유가 무엇이냐.

*반대론은? 개는 동물 중에 사람을 가장 따르고 자기 몸을 생각하는 것보다 주인을 더 사랑하는 어쩌면 못된 인간보다도 더 나은 동물을 잔인하게 잡아먹는다면 어찌 사람답다고 하겠는가.

*청와대의 답변은? 개는 사람과 가축의 중간으로서 가축에서 제외하는 법을 만들자는 애매한 답을 내놓았다.

*나의 논리는? 개 한 마리가 옛 주인의 사랑이 그리워서 주인이 떠나간 그 자리에서 매일매일 주인이 올 때까지 세상에 살아갈 힘도 잃은

채 눈이 오나 비가 오나 주인을 기다리는 개를 보고 눈물이 앞을 가려 울었다 신이시여! 저 개를 보고 계십니까? 인간의 사랑이 저 개를 버리시는 겁니까? 신이시여~? 신이 우주에 생명체를 진화론에서 창조할 때 깨달음이 높은(아이큐) 생명체가 아래의 생명체를 지배하고 잡아먹게 되어있다. 그러나 이 지구촌에서 주인을 자기 목숨보다 더 소중히 지켜주고 아이큐도 사람 바로 아래 것도 잡아먹어야 하나요? 어느 행성에서 생명체가 사람보다 더 아이큐가 높은 동물이 살고 있다면 사람들이 모두 잔인하게 잡아먹혀야 되남요? 인간 사람이 지구촌에서 바로 아래의 아이큐를 가진 개를 사랑하며 잘 키우며 절대 잡아먹지 않는다면 인간보다 더 뛰어난 깨달음을 가진 동물 생명체라면 관심법으로 사람을 볼 때 아~ 지구촌에서는 2등 은메달, 3등은 동메달로 인정을 하는 것이 보일 것이고 2등의 사람을 잡아먹으면 안 되겠구나 하고 마음을 바꾸어서 우리가 개를 사랑하듯이 똑같은 자업자득으로 사랑받으며 살아가지 않을까요~잉! 그리고 요즘은 옛 시대가 아니고 병원의 의술이 너무 뛰어나 있고 몸보신 할 것도 많으니 새로운 법으로 투표를 해도 2/3 과반 찬성이 넘을 것이 확실하면 개는 식용금지로 법을 바꾸는 것이 바람직하지 않을까요~잉!

2. 청와대 공약 최저임금 8.350원에 온 나라 정치인님, 지식인님도 해법 못 내는 것을 보며 문재인 대통령님의 인기 여론조사 78%에서 8월 말 53%로 떨어진 것을 보며 전문가가 아닌 대충 나의 쫀지리의 생각으로 논리해본다 1시간 8.350원×하루 8시간=66.800원 일주일 2번 놀고 22일 일하면 월 1,469,600원 이것을 더 깎자고 한다면 대한민국에 있는 부자 사람들의 횡포가 아닐까요~잉!

대한민국 자영업 10곳이면 2곳은 돈 벌고 3곳은 임금비 벌어먹고 3곳은 월급보다도 못 하고 2곳은 적자가 나고 있음을 확연한 것인데 여기다 임금비 올려주어라, 사람을 더 채용하여라. 음매~ 사람 기죽여 버려요~잉! 어찌하라구요~잉! 여기에 정치인님이나 지식인님이 대안을 못내놓고 있음으로 요 쫀지리가 한 말씀해도 될랑가요~잉! "먼저! 대안부터 글 쓰고 그 다음 청와대 정치의 잘못을 말해보겠다.

신사임당 5만원 짜리와 금 미술 골동품도 백 년 전 화폐 개혁을 하듯이 한번씩은 나눔의 좋은 일을 적폐청산으로 한다면 돈이 돌고 돌아야 세상이 잘 돌아간다. 최저임금은 8,350원으로 되었고 자영업자가 그로 해서 손해 보는 것은 절대 안 되니까 임금과 기타 한 사람 종업원에 25만 원 정도 추가비용을 공평하게 나누어 주는 방법은 월 임대료 부가가치세 10% 상방을 건물주는 내겠지만 임차인은 10% 없애주면 매월 공평하게 종업원 인원수대로 혜택이 갈 것이고 임대차 보호법은 처음 10년 계약에 5년마다 임대로 10%씩 올리는 방법만 택해도 최저임금 인상에 대한 자영업자의 손해는 전혀 없을 것이다. 임차인 월세 10% 국가 손해 재정은 5만원 권과 창고속의 금과 미술 골동품이 돌고 돌면 다람쥐 쳇바퀴 한번 돌 때마다 부가세가 붙어 나오니 충당이 되고 모자라면 상류층 기준을 두고 충당을 해야 공존의 세상이 되어갈 것이다. 대기업은 국가를 위해서 한민족의 젊은이 일자리를 연구 창출해서 국가와 민족에 청와대와 상의 회의를 만들고 강압이 아닌 국가발전에 연구해야 할 것이다.

삼천 리 금수강산 동방의 아침 이슬은 영롱히 맺히었고 5차원의 깨달음 세상이 한민족에서 시작이 됨을 알아야제, 안 거런가~음! 공전, 돈전 맑은 이슬 말이네~암! 우리 모두는 인간의 생명 육체와 정신의 자아!를 깨달아야 하네. 가장 중요한 것이 자아를 깨닫는 것이야. 그래야 모두가 열심히 주어진 일 삶에 일하고 행복한 인생을 살 것이기 때문이다. 청와대의 참 잘하는 것은 무서웁게 평화 통일을 향해 달려가는 것이 꼭 신◇의 뜻으로 나와 김정은 위원장님과 문재인 대통령님의 삼위일체인 것 같다.

경제가 어려운 것은 정책이 잘못되었고 물론 운도 없는 것이리라. 정책이 잘못되었다는 것은 순서가 잘못 알고 있다는 것이다. 아름다운 단풍과 맑은 물은 위쪽에서 아래쪽으로 내려가야 하는 것이고 연어나 보존의 고귀함은 아래에서 위로 힘겹게 올라가는 정책을 알고 바로 써야 함에도 잘못 사용하고 있다는 점이다. 오죽하면 야당 원내 대표님이 청와대의 정책이 무게가 없고 입이 가벼운 사람들이 모인 것 같다고 핀잔을 줄까. 침묵은 금이다. 최저 임금 인상도 위에서 시작해서 아래로 흐르면 어느 누구도 불평불만이 없을 것인데 아래에서 위로 올라가는 정책을 사용했기에 한 단계 한 단계 말도 많고 탈도 많은 것을 수습하기에 아까운 시간을 소비하고 있다. 정부가 생각한 토지 관련법이라든가 국민 대다수가 찬성할 주택사용은 투기로 용납되지 않게 1가구 2주택 허락하고 3가구는 세금 4가구는 안 되는 것을 추진하고 주택도 정책을 서울 변두리 쪽에 임대주택이든지 젊은이들이 살고 싶어하는 교통도 좋은 곳에 시범으로 지어서 원가 계산을 해보고 대박 이윤보다는 사업을 해볼 만하다는 판단이 설 때 교통도 좋으면 서울의 집값이 턱없이 올라갈 이유가 없는 것 아닐까. 그리고 통일이 되면 노인 대책으로 노동의 단계를 정하고 젊은 전문가의 지도 아래 공기 좋고 영농하고 남북 민통선 그 좋은 땅에 월급도 노동의 대가만큼만 받아도 참 살기 좋은 삼천리 금수강산이 되지 않을까요. 요 쫀지리의 생각이니까 너무 무식하다고 탓하지 마세용~! 앵!

3. 요즘 TV 도서관 프로그램이나 다른 TV 인문학에서 세계의 유명한 작가 혹은 철학자, 성인군자님 등을 강연하는 것을 보며 나와 비교해 본다. 플라톤, 토마스 아퀴나스, 니체, 파우스트, 알베르투스, 메피스, 맹자, 보들레르, 괴테, 단테, 도스토예프스키, 톨스토이 등등. 그리고 성인군자 공자님과 소크라테스님 등을 보며 나의 깨달음이 어느 정도인지 실험을 해본다 이 쫀지리의 시험결과를 발표하겠습니다~예! 설라무니!

*앵앵에게!

일찍이 바다를 보고나니 강물은 물이 아니고

청산 위의 흰 구름을 보고 나니 뭇 구름은 구름이 아니더이다

●성좌이신 예수님과 석가모니님을 깨닫고 나니

신※의 순수한 빛이 보이더이다.

통일을 하자

2018년 무술년 황금 개띠의 해 4월 27일 금요일 ★통일의 대박꽃★

통일의 염원 판문점 남북 정상회담 평화의 집에서 열린단다. 북한의 최고 영도자 김정은 위원장님과 남한의 문재인 대통령님의 조우이다. 나는 3일 밤을 기도를 신-◇-에게 올렸다. 두 분에게 신의 정기를 내려 한민족이 70년간 암흑의 지옥에서 이 무명 시인의 노래로 무술년 봄에 삼천 리 금수강산 어머니의 산 정기를 일본놈들이 산맥을 끊으려고 명산마다 쇠말뚝을 박은 것에 민족의 혼맥이 형제 부모들과 원수로 살아온 지난날을 털고 이 무명 시인이 죽음에서 신의 이름 아래 깨어나서 나의 나라 삼천 리 금수강산 동방의 아침 영롱한 이슬의 나라에 어머니의 산 정기를 깨우는 것을 산청군 황매산 좌측 봉선을 보고 깨달았습니다. -◇- 신이시여 이 무명 시인의 간절한 염원 한민족의 통일을 들어주소서! 그로 하여 오늘 남북의 두 정상님의 마음에 천기의 운을 주소서. 나는 0.3시에 신에게 기도를 올리고 시인의 영롱한 이슬 눈물을 뿌린다. 『통일의 대박꽃』(시혼과 투병일기) 나의 책을 무릎 위에 놓고 3번의 기도 0.3시에 3일 밤을 올렸다. 그리고 금요일이 나의 이대 목동병원에서 수술도 퇴원도 오늘도 금요일인 것을 보면 금요일이 좋은 날인 것 같다. DMZ 비무장지대의 남북 민통선까지 동서 155마일 동해바다, 서해바다의

NLL 전쟁 위험지대 삼천 리 금수강산 한반도가 허리 중심 부분이 수십 ㎞ 잘려있는 이 아픔의 지옥에서 이제 새로운 새싹이 5차원의 깨달음의 새싹으로 돋아나게 자연의 풀잎들아, 돌 하나 흐르는 물 한 방울 소중히 신◇에 올리는 이 무명 시인의 한을 영생으로 함께 가자고 약속하자. 오늘은 너거들의 정기, 나의 고척교 사마귀 벌레의 영혼도, 항일암의 기도, 강원도 가는 길, 산길의 낙엽들도, 강시봉의 이슬, 낙엽들도 설악의 협곡, 소나무들의 한도, 모두 두 분 정상님의 마음을 움직이고 두 분의 안위를 보호하라. 통일의 염원을 이루게 하라는 이 무명 시인의 눈물의 애원이다. 그리해야 우리들이 영생의 신◇ 앞 갈 때 어디에서 왔소 하고 물을 때 우리들은 지구촌 동방의 아침 독도, 금강산, 백두산, 한라산이 있는 황매산의 어머니 산 정기를 받은 삼천 리 금수강산이 내가 태어난 곳이요라고 당당하고 떳떳이 말할 수 있게 꼭 통일을 해야 합니다.

세계가 주목하고 유엔의 바람 또한 남북통일이 되면 자동으로 세계평화도 올 것인데 태풍이 오면 이 비바람도 함께 오고 천둥 번개가 내리치면 그 주위는 소낙비를 맞는 것이 자연의 이치거늘, 5차원의 세상이 삼천 리 금수강산 동방의 아침 이슬의 나라에서 새싹이 돋아나고 있음을 한민족이여, 새로운 세상이 오고 있음을 이제 잠에서 깨서 눈을 뜨고 동쪽을 보며 독도를 생각하라. 남북통일이 되면 북한 동포들이 끼니 굶어가며 만들어 놓은 핵을 모두 폐기하면 안 된다. 장거리 미사일만 폐기하고 일본과 맞대응할 핵무기는 일본이 독도를 탐하지 않겠다는 유엔의 각서가 있을 때 폐기해야 한다. 36년 동안 일본놈들의 침략으로 나라를 빼앗기고 무수한 핍박과 죽임 자유를 짓밟힌 군홧발 아래 우리 민족은 숨도 한번 마음 놓고 못 쉬었던 현 역사를 망각하지 말아달라. 제발 이 무명 시인이 무릎 꿇고 산천에 애원한다.

나의 책 『통일의 대박꽃』에 적힌 이상 시인의 시를 한번 더 낭독하겠다.

오감도

까마귀 까~악 까~악 퉤-퉤 죽음의 공포
오감도 13~의 아해도 무섭다고 그러오
1~의 아해도 무섭다고 그러오
13~의 아해도 무섭다고 그러오
우린 나라 빼앗긴 구더기보다 못한 백성이오

날개

나는 똥 뒷간 아래 어둠속에 몸부림치며
살고있다
똥으로 살고 싶으나 내 위에 무거운 구더기가 득실
거린다
내 심장에 무거운 똥들이 처득처득 나를 덮어 누를때
내 심장은 살려고 구더기가 되어 똥벽을
기어 오른다
떨어지면 또 기어오르고 간신히 기어올라 세상을 보니
나라 빼앗긴 자유의 죽음 앞에 한마리 똥파리가 되어
날개를 달고 휭~한 세상 날아간다

- 이상 천재 시인

36년의 나라 빼앗긴 핍박당한 한민족을 젊은이여 그 시절의 처참했던 역사를 쬐금만 아주 쬐금만이라도 생각을 해주오. 나는 안산을 오르다가 서대문 형무소 사형장과 벽보에 나라를 찾으려고 감옥과 죽음으로 맞선 독립투사님을 보며 한없이 울었다. 이 무명 시인에겐 나라 빼앗긴 핍박보다 더 한이 서린 것이 있다. 한민족의 영혼의 정기를 죽인 일본놈들이 삼천 리 금수강산에 정기 맥을 쇠말뚝을 박아서 어느 핸가 쇠말뚝을 뽑아서 산신제를 대충 지낸 일이 있다.

한민족의 젊은이 후손들이여!

중생(현실)의 세상은 지은 죄를 죄지은 만큼 1:1만 받으면 되지만 영생(영혼)의 세상은 3배의 죗값을 치러야 한다는 것을 알고 있어야 한다.

*일본의 전 수상 하토야마님은, 2015년 서대문 형무소에 가서 독립투사 영혼들에게 진정으로 사죄하며 무릎을 꿇고 잘못의 용서를 빌었다. 2018년 10월초 남해 원폭 피해자 회관을 찾아가서 온갖 수모를 당하면서도 무릎을 꿇고 용서를 구하고 일일이 손을 잡으며 사죄하는 모습에 이 무명 시인의 눈에 눈물이 줄줄 흐르고 있었다.

신이시여! 저것이 인간임이고 사람이지요. 신이시여! 극낙정토가 있고 천국이 있으면 전 일본 수상님의 영혼에 축복을 내려주십시오.

아베 일본놈 수상놈 독도를 일본땅이라고 천벌을 받아라. 신이시여! 이 무명 시인의 가슴에 한이 너무 지나쳤나요. 원수를 사랑하라. 잠깐 망각했구먼요~잉!

한민족의 영혼을 달래주고 진정 일본이 독도를 탐하지 않고 이웃 친구로 지난날의 잘못을 진정으로 사죄하려면 일본 천황이 산청군 황매산에 연산홍 꽃이 필 때 이 무명 시인이 보는 앞에서 무릎을 꿇고 절 3배를 이 민족 산 정기 앞에 한민족에게 사죄해야 할 것이다. 나는 죽음에서 깨어나서 신의 이름으로 삼천 리 금수강산 아침 이슬의 영롱함으로 혼미한 어머니의 산 정기를 깨우고 2018년 무술년 4월 27일 금요일은 북한의 영도자 김정은 위원장님과 남한의 대통령 문재인님의 통일과 세계평화의 5차원의 새싹이 돋아나길 신에게 기원합니다.

슈퍼문 보름달 우주 하늘이 내려와 축복을 하고 철원의 하얀 눈밭에 흰 꿩 한 마리가 나타남도 이민족에 행운을 예고하고 파란색의 나무다리 도보다리 위를 두 정상님이 걷고 있다. 야외 초라한 시골에 다리 옆엔 초라한 수양버들 나뭇가지가 새싹이 돋아 푸릇푸릇 싱그럽고 몇 그루의 갈대밭도 숲 지대의 한적함을 수양버들 나무에 기대어 쓸쓸하게 찔레의 새싹과 아름답다.

두 정상님의 만남이 풀 나무들이 기쁜 듯이 서 있다. 아~ 한민족의 한이여, 한민족의 핏줄이 같은 형제 부모 민족끼리 70년을 먼~길을 오셨습니까 하고 김정은 위원장님의 한을 토로한다. 심중에 남아있는 민족의 한을 조금이나마 토해내는 문재인 대통령님의 표정엔 석양의 노을 햇살이 살며시 반짝인다. 어디서 새소리가 지지배배 들리고 어떤 새는 호~휘~이 휘~이 애절한 노래로 울고 있는지 웃고 있는지 나는 모른다. 흰배지 등빠귀 새, 청딱따구리, 박새 소리 멀리서 들려오는 꿩들의 신난 소리. 앗! 이 소리는 신이 자연의 움직임으로 내리는 은총의 자연 소리임을 뒤늦게 이제 깨달았다. 내 몸엔 경련이 일어났고 내 눈엔 영롱한 이슬이 맺혔다. 신이시여! 감사합니다. 두 정상님의 한은 다 토해내지 못하였으나 두 정상님에게 은총을 준 신에게 감사의 눈시울을 적셨다. 세계 41개국 3,000명 외신 기자들도 도보다리의 초라한 두 정상님의 모습에 세계 최초로 자연의 쓸쓸한 아름다움 각종 새소리의 찬가에 톱기사가 되었다. 민족의 소나무를 두 정상님의 첫 남한 방문 기념식수를 백두산의 흙과 한라산의 흙을 함께 덮고 물도 대동강 물과 한강물을 함께 흙을 덮고 물을 뿌려주는 모습과 도보다리 위에 두 정상님의 손을 맞잡고 하늘을 향한 동상이 세워지기를 기대하며.

완전 통일의 두 정상님에게

먼저 남한의 문재인 대통령님에게

한민족의 정신은 연방제 통일이나 한민족에 두 정상님이 존재하게 되면 문재인 대통령님의 임기가 끝나면 만약에 한국당 경상도가 뭉친다면 정권이 바뀔 것이고 그렇게 된다면 아직 통일은 대박꽃이 아니고 나의 재산을 빼앗긴다는 생각을 갖고 있기 때문에 문재인 대통령님은 엄청난 재난을 맞을 것입니다. 물론 나라에 한 영웅의 동상이 세워지려면 그 난을 각오하지 않고는 영웅이 탄생되지 않는다는 역사는 아시겠지만…? 남한의 국민 정서와 5년 임기로는 속전속결로 전쟁에 임하는 정신과 과감한 완전 통일만이 영웅이 탄생함을 명심하여야 하지 않을까요? 완전 통일의 전쟁에 이기는 길은 더 과감한 권력과 야당의 반대에 흔들리지 않고 머리만 쓰는 지식인의 비판도 감청해서 좋은 점만 받아들이고 흔들리지 않는 전투에 임해야 하므로 '해서' 영웅이냐 역적이냐의 심판을 뭘 모르는 국민의 심판을 역사에 받는 것입니다. 항상 나를 반대하는 편에 내가 서있고 반대편을 위하여 전쟁을 하고 전투에 성공하면 영웅이요, 패하면 역적이 되는 지구촌의 인간의 역사입니다. 『손자병법』에 적을 알고 나를 알면 백전백승이라고 하지만 그 또한 하늘의 운이 열릴 때 하늘이 도와야 되는 것입니다. 문재인 대통령님 너무 잘하고 계십니다. 완전 통일이라야 하나됨의 국가만 만들어진다면 10년 후면 통일의 대박꽃이 피고 판문점 도보다리 초라한 시골의 다리 위에 김정은 위원장님과 손을 맞잡고 하늘을 향해 올리는 두 분의 동상이 한민족 삼천 리 금수강산 (한복판) 한가운데에 서서 역사에 지구촌 북남통일과 세계 평화를 애쓰신 분으로 후손들에 애찬을 받을 것입니다. 비무장 지대를 역사 자연 보호구역을 남북이 조사하고 세계 역사학자님도 초청해서 몇 곳을 지정하고 나머지는 많은 인력을 동원해서 조심히 지뢰작업을 철두철미하게 해서 완전통일의 길을 중심부 비무장지대부터 열어야 합니다. 삼천 리 금수강산이 하나 되고 아침의 나라 동쪽의 독도에서 찬란한 태양이 떠오르길 신◇의 순수의 빛이 내리길 빕니다.

북한의 영도자 김정은 위원장님에게

삼천 리 금수강산 동방의 아침나라 영롱한 이슬을 머금고 어머니의 산 정기가 이제 5차원의 세상 지구촌에 한민족의 강산에서 깨어났습니다. 작은 한 나라의 백성을 지키려면 싸울 무기가 있어야 백성을 지키는 것이옴을 어렴풋이 알고 있습니다. 그로 해서 백성들의 허리띠를 졸라매면서 핵 발전 이루신 것을 진심으로 예찬하옵니다. 우주는, 지구촌은 진화론에 의해 깨어가고 깨어난 인간의 정신으로 한동안 세상이 돌아갈 것입니다. 2017년 12월까지도 이 세상에서 가장 무서운 무기, 핵무기가 한반도 삼천 리 금수강산에 피고름으로 썩어가는 몇백 년 아니 몇천 년을 저는 상상해보며 『통일의 대박꽃』(시혼과 투병일기)에 조금 집필하였고 지금 2편을 쓰고 있습니다. 철없는 저의 아이들은 저~남쪽 남해의 섬으로 이사를 가야 하지 않느냐고 말했지만 핵무기는 남해 섬인들 무슨 소용이고 백두산 천지면 무슨 소용이겠습니까? 한민족은 삼천 리 금수강산 어느 곳도 피고름에 섞어 몇백 년을 갈 것을 지구촌 인간이면 모두가 알아야 하는 것이 신비한 지구촌을 살리는 길이겠지요. 2018년 무술년 1월 1일 북한의 최고 영도자 김정은 위원장님의 신년사를 TV에서 보고 아~ 삼천 리 금수강산에 영롱한 아침이슬이 깨어나는구나 하고 저의 눈에 눈물이 흘렀습니다. 그 전에는 독재자 자기 고모부를 처형시킨 악마라고 저주했었습니다.

1월 1일 신년사를 보며 눈물을 흘리며 저의 영상에 떠오르는 것이 아~하! 한 영웅이 태어날 때는 자기를 낳은 부모를 죽이고 태어난다는 옛 전설의 이야기가 떠오르고 비로소 북한의 김정은 위원장님이 하늘에서 내린 영웅이 아닐까 생각을 하게 되었습니다. 이제 한반도 한민족에 새로운 5차원의 시대가 열리는 것을 감지했다면 만약에 남한의 국민들과 통합이 되고 김정은 위원장님이 한반도 한민족의 대통령이 되었다고 가정했을 때 김정은 위원장님의 가문의 훗날이 어떻게 될 것인지 너무나 쉬운 문제이지요. 자유 민주주의는 아마도 김일성님, 김정일님 동상까지 까부수고 김정은 위원장님도 감옥에 갈 것이 뻔하잖아요. 체제보장을 어느 나라에서, 유엔에서 해준다고 해도 총 쏴 죽일려고 하면 쉬운 일 아닐까요? 박정희님 영부인 육영수님이 그러했고 박근혜 전 대통령님도 감방에서 징역 25년 받고 정권이 바뀔 때마다 모두, 아닌 분은 자식이 감방 가잖아요. 앞으로 5차원의 새로운 새싹이 한민족에 돋아나면 그런 일 없을 거예요. 김정은 가문의 체제보장은『통일의 대박꽃』1권에 적혀있듯이 김일성님 왕으로 추앙하고 영국, 일본같이 왕가로 있는 것만이 체제보장이 완성될 것입니다. 왕은 아무나 하는 것이 아닙니다. 남한의 역대 대통령님이 해결하지 못한 독도를 핵으로 바꾸어 오든지 죽음으로 바꾸어 와야 왕의 자격이 있는 것임을 그것을 진리라고 하는 운명의 시험임을 명심하셔야 영원히 왕의 자격입니다.

그리고 왕가로 통일 준비를 빨리 비무장 지대를 해제 작업하며 2021년에 3월 4일 한민족 삼천 리 금수강산 동방의 아침 영롱한 이슬의 나라 독도라는 동쪽의 영롱한 작은 섬을 꼭 넣고 참 나라의 대통령이 6년 단임제로 남쪽이 먼저 한다, 북쪽도 2024년까지는 함께하고 그 이후는 왕가로 들어가서 자손대대로 왕의 대우를 받는다. 제가! 생각하기엔 이 길만이 완전 삼천 리 금수강산 한민족의 통일은 오직 이 길밖에 없는 것 같습니다. 그리고 세계가 하나 지구촌을 유엔을 민주주의로 잘 발전시키면 세계에 전쟁이 없어지고 핵무기는 세계가 어느 나라에서도 만들면 안 되고 원전도 가능한 한 억제해야 인류의 평화가 올 것입니다. 저의 서술은 끝나고 문재인 남한의 대통령님과 북한의 영도자 김정은 위원장님 한민족의 영산 백두산에서 손잡고 하늘을 향해 높이 들듯이 꼭 한민족의 통일을 이루시고 역사 앞에 영원히 동상으로 남으시길 신의 ✧ 은빛이 찬연하길 비옵니다.

3대 성좌에 도전 논문

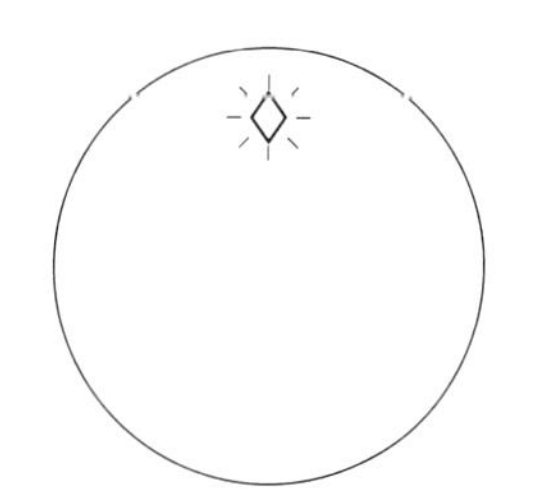

신의 순수 빛→천국→극락 정토

③무명 시인 ②예수님 ①석가모니님

→우주

★하늘의 축복과 성좌의 탄생★

2018년 무술년 황금 개띠의 해.

1월 2일 서울 여의도 저녁 7시 30분에 슈퍼 대보름달이 유난히 붉고 크게 광활하게 떠 있다.

1월 4일 이 나라 한민족의 상징 흰색의 돌연변이 행운의 흰 꿩 한 마리가 철원의 야산 비뚝밭에 나타났다 통일의 좋은 징조이다.

1월 12일 나의 문학 『통일의 대박꽃』(시혼과 투병일기)이 북랩 출판사에서 종이학이 세상에 이소 비행을 한다.

1월 31일 슈퍼 보름달이 저녁에 2번 뜬다.

2월 1일 여의도 밤하늘 위에 슈퍼 블루문의 대보름달이 휘영청 떠 있다.

3월 5대 성인군자에서 3대 성좌로 깨달음을 자칭한다.

4월 27일 북한의 영도자 김정은 위원장님&남한의 문재인 대통령님의 판문점에서 삼천 리 금수강산 동방의 영롱한 아침이슬이 반짝이며 통일과 세계 평화의 새싹을 움틔운다.

6월 12일 북미 정상회담 싱가폴 센토사 섬에서 세계 평화의 새싹을 움틔움의 북의 김정은 위원장님과 미합중국, 세계 최고의 나라, 미국 트럼프 대통령님과 회담한다.

6월 15일 여의도 밤 하늘에 0.3시에 번개가 3번 내리친다. 나와 연관이 있는 걸로.

6월 28일 초 저녁 8시쯤 여의도 하늘에서 쇼가 펼쳐진다. 캄캄한 먹구름 속에 당산동 내가 있는 곳은 햇빛이 찬연히 내리고 있고 천둥소리와 소낙비가 내리든 여의도 하늘은 청푸른색으로 그림을 그려놓은 듯 의사당의 지붕이 투명으로 보이는 하늘의 쇼가 펼쳐진다.

7월 28일 화성이 지구의 가장 가까운 곳까지 내려온 02~04시까지 21세기 첫 개기월식이 신비의 우주쇼라고 했다. 달도 유난히 크고 밝다.

8월 7일 일산 쪽 서쪽 저녁때쯤 맑은 하늘에 흰 구름 뒤에서 천둥 번개가 하늘의 불빛 축제를 하는 것같이 붉게 번쩍번쩍이었다.

8월 13일 밤 새벽 130년 만에 유성우 페르세우스 별똥별들이 지구와 최고 가까운 곳까지 내려와서 축복의 쇼를 한다고 했다.

9월 20일 백두산 천지에서 북한의 영도자 김정은 위원장님과 남한의 대통령 문재인님이 두 손을 맞잡고 하늘의 천명에 한민족의 삼천 리 금수강산을 통일하겠다는 약속을 하늘의 신☆에게 맹세를 하셨다.

10월 6일 토요일 한강 불꽃축제 여의도에서 최고의 한강 불꽃 축제를 보고 9월 8일 무명 시인은 속초로 간다.

나는 신-◇-에게 ① 생명을 주어 감사하고 ② 한민족 통일과 세계평화를 줄 것에 감사하고 ③ 모든 이 세상 악을 모두를 사랑할 수 있음을 주어 감사를 드립니다

○신-◇-은 우주의 윗자리 순수의 빛 ① 블랙홀의 세계 ② 은하의 몇 개 세계 ③ 태양계 ④ 달의 세계 ⑤ 지구촌 ⑥ 삼천 리 금수강산 동방의 아침나라 ⑦ 무명 시인

현재 지구촌은 재앙으로 지구촌의 난세를 맞이하고 있다. 은하계가 조금 내려오므로 난세를 맞고 있고 한 성좌가 탄생하기 전에 종교계를 빙자한 가짜들이 세상을 혼돈 속에 몰고 가는 속에 새로운 새싹이 움터 나온다. 왜? 성좌의 깨달음이라고 하는가?

① 전생(과거) ② 중생(현재) ③ 영생(미래)를 확실히 알고 있다.

전생(과거) 중생(현재) 영생(미래) 중에 (중생이) 가장 중요하다.

전생과 영생은 자기 자신은 아무것도 모른다.

중생(현재)만이 자기 자신을 알 수 있음이다. 전생과 영생은 (현재) 중생을 보면 신의 데이터-◇-에서 알 수 있다. 우주 세상 특히 지구촌에서 IT 4차원 산업혁명시대 5차원의 신의 깨달음으로 간신히 중생의 눈에 잘 보이지 않는 공기 속에 빛이 1초에 7억만㎞를 가고 아폴로 1호, 2호기가 아직도 우주 세상을 날아가며 공기 중에 대기권을 뚫고 보내오는 전파로 주파수를 맞추며 확대 사진으로 음성도 공기 속에서 잡아내는 시대이다.

현재 지구촌의 공기 속에 전파가 주파수만 맞추면 수억만 공기를 우리가 숨쉬고 공기 속에 존재하고 있음이 과학적으로 증명 확실하듯이 만약 신의 ◊ 100% 차원으로 우주세상을 본다면 빛이 1초에 7억만㎞를 간다면 영혼은 0.0001초에 7억만㎞를 가는 것을 5차원으로는 추측이지만 100차원에서는 이 우주 어느 지옥에서도 신의 빛 ◊이 있음이고 신 우주의 영혼이 있음이 과학도 100차원 시대이며 사람들 눈에도 보일 것이다. 이제 과학이 4차원시대 깨달음이 5차원의 사람들이 인생사니 신이 있으니 없으니 하고 있으니 어느 천년에 너와 내가 만나 점 하나를 찍을까 사랑은 아무나 하나 어느 누가 싫다고 했나. 현실에 중생에 일들이 과거 전생의 업보임을 유전자 ① 우주 삼라만상+② 지구촌+③ 부모 조상으로 내가 태어났고 중생이기 때문에 자기를 알고 있음이다. 영생(미래)는 모든 생명체는 죽으면 모두 맑은 ◊ 신의 세계 천국 극락정토에 지구촌부터 맑은 기에 간다. 여기서 내가 성좌로 태어나면서 세상에 선물을 3가지를 가져왔음을 알아야 할 것이다. 3가지 선물이란? 누구나에게나 공평하게 생명체를 주었다.

1. 모든 생명체는 태어나면 멀다면 멀고 짧다면 짧고 모두 똑같이 죽음을 한다.

2. 모든 생명체는 ◊ 깨달음의 길로 깨어난 단계만큼 신에게 가까이 가는 것뿐. 부귀도 명예도 권력도 소용없는 자기 자신을 알고 깨달음의 단계를 닦는 똑같은 영생을 주었다.

3.생명체가 죽으면 인간이 죽으면 악마도 사탄도 이 영학 악의 미스터리도 모두 똑같이 천국, 극낙정도, 신 ◊에 귀속으로 간다. 죽음은 내가 2번을 죽어봤기에 말한다.

종교계에서 사형제도를 폐지하라는 이유는 지구촌의 영혼들의 이야기다. 중생들이 태어나서 죽음까지 자기의 영혼을 그대로 지구촌에 공기 속에 영감이 흐르고 있기 때문이다. 그리고 죽음 직전 마지막 깨달음의 %가 영생을 가늠하기 때문에 어차피 악마가 못 깨어날 것이면 국민의 세금으로 감방에서 밥 주고 잠 재워주고 똥오줌 치워주고 관리감독 월급 주어야 하는데 차라리 빨리 사형시키는 것이 국민을 괴롭힌 악마를 국민이 낸 세금으로 보호해주지 말자는 뜻을 "종교계"에서는 아침에 깨달으면 저녁에 죽은들 어떠하리 공자님 말씀같이 인간이 조금이라도 몇 % 더 깨닫고 죽으면 공기 중에 지구촌 기의 영혼이 덜 혼탁해야 다음에 태어날 때 악마가 아닌 들꽃으로 태어나서 코스모스 꽃 들국화 꽃같이 사람들의 마음에 기쁨을 줄줄 아느냐의 뜻일게다. 아침에 어느 날 도를 깨달을 줄 누가 아느냐 이 말인거라요~잉! 종교계님! 그렇죠~암만! 그렇것이구만요~잉!

★ 깨달음의 도표

〈선〉	〈악〉
50~55% : 보통 사람들	50~45% : 보통 사람들
55~60% : 착한 사람들	45~40% : 나쁜 사람들
60~65% : 선도, 책임자, 무속인	40~35% : 사기꾼, 도적놈
65~70% : 총책임자, 주인의식	35~30% : 강도, 강간 범죄자
70~75% : 일반교수, 지식인, 작가, 연출가	30~25% : 사람을 죽인 살인마
75~80% : 장관급, 국회의원	25~20% : 짐승 같은 인간
80~85% : 명인-최고의 예술가, 시인	20~15% : 짐승보다 못한 인간
85~90% : 성인군자-소크라테스, 공자	15~10% : 벌레 같은 인간, 미성년자 강간 살인범
90~95% : 성좌-예수, 석가모니	10~0% : 사탄, 악마, 악귀

100%=오직 신◇의 순수 ●하나님의 천국 · 불국 정토 극락세계

★나는 지금 어디까지 왔는가? 93% 정도를 생각하며 성좌를 자칭한다

성인군자와 성좌의 다른 점

성인군자는 깨달음의 단계가 85~90%까지이고 성좌는 깨달음의 단계가 90~95%이다.

군자는 세상이치를 깨달았고 예수님과 석가모니님도 천국과 극락의 세계도 모두 깨달았지만 우주 하늘 땅의 모든 진리도 깨달았지만 자기의 신을 못 만난 것이다. 예수님은 우주를 아래로는 땅 하늘에는 우주의 하나뿐인 영혼, 아버지, 최고 영혼을 만난 것이고 그러하여 천국이 하나님 아버지의 나라로 영혼으로 구원함을 깨달았고 석가모니님은 우주를 하나로 전생, 중생, 영생으로 어머니의 마음으로 우주 영혼의 나라 불국 정토 극락세계를 깨달았고 우주 전체를 부처로 깨달았기에 미소를 띤 모습이다.

나는 예수님과 부처님을 모두 깨닫고 우주의 신-◊-, 순수의 빛, 신의 신비로움을 만났기에 신을 숭배하고 신의 -◊- 순수한 은총이 내리고 있음에 3대 성좌에 3번의 죽음에서 새로운 새싹의 성좌의 움이 터오는 것이라고 자칭한다. 2018년 무술년 3월달에 3대 성좌로 자칭하기 전까지는 신을 별 ★★★ 개로 칭했고 4대 성인군자 : 예수님, 석가모니님, 공자님, 소크라테스님 다음 5대 성인군자로 태어남을 자칭했다. 1992년 연세대 앞 굴다리 아래와 동숭동 마로니에 공원에 앉을 때도 자칭 깨달은 자 5대 성인으로 피켓을 들고 지금까지 온 것을 2018년 무술년 황금 개띠의 해 3월에야 나의 깨달음이 93% 올라가며 3대 성좌에 입문장을 내민다. 성인군자에서 성좌로 93% 올라간 것에는 아주 중요한 깨달음 5가지가 있음을 중요시해야 할 것이다.

성좌가 되는 과정 5가지의 깨달음

★첫 번째 깨달음! "형상!"

문둥병균이 썩은 문둥병 환자의 발에 내 이마를 조아리고 사랑으로 입맞춤하는 나를 보았다. 내가 죽어도 나의 사랑으로 썩어서 거름이 되어 새로운 5차원의 새싹이 돋아나라고 신에게 기도하고 있었다. 그러하여 내가 죽음에 갈지라도 그것이 내 운명이며 나는 신에게 감사히 갈 것임을 보았다. 그러하여 나는 이 땅에 아니 이 세상에 최악의 문둥병균에게 진실로 사랑하고 나를 그러하여 성좌로 신 앞에 갈 수 있음에 문둥병균에게 감사히 사랑함을 알았다. 2017년 12월 8일 이천 노승산 원경사 형님절에서 입적 기일날 부처님 전에서 무한 부처님의 마음이 우주요, 어머니의 사랑임에 나는 한낱 티끌임도 느꼈습니다.

★두 번째 깨달음!

十자가 "예수님, 원수를 사랑하라!

종교의 신앙 하나님의 아들 예수님을 이 우주 이 세상에 아들 예수님을 十자가에 못을 박아서 골고다 공동묘지에서 피를 흘리시며 배고픔에 죽어가며 까마귀가 떨어먹는 죽임의 징그러운 十자가를 十자가 홀로 교회에서 왜? 무엇 때문에 신앙으로 추앙받으며 존경과 존엄의 고귀한 신앙으로 품격 받으며 교회의 하늘 자리에 밤에도 이 세상을 밝히고 소원을 빌 때 사람의 위쪽 이마에도 열십자를 그리며 성좌와 성신 하나님의 이름으로 은총을 소원하는가.

목자님 성직자님? 진정으로 자기 재산을 빼앗고 자기 아내 자기 아들을 十자가에 못박아서 처참히 죽여도 악마도 사탄도 사랑할 수 있습니까?

1. 사랑 - 영원히

2. 믿음 - 끝까지

3. 소망 - 뜻이 있는 곳에 길이 있고 구하라 그리하면 얻을 것이니라

악마야! 사탄아! 너희들이 十자가에 예수님을 못 박아 죽였다. 그 아픔의 고통과 죽음에서도 너희들을 사랑하라고 하신 예수님의 十자가를 보고도 못 깨달은 것이냐.

악마야! 사탄아! 너희들이 예수님을 또 죽인다고 해도 예수님은 하늘에 계신 한 분의 영혼이 세상에 사랑이라 하였느니라.

언젠가 때가 되면 너희들이 예수님의 사랑 앞에 진정 무릎을 꿇고 참회할 날이 곧 올 것이다.

사탄아! 악마야! 악을 멈춰라. 예수님은 너희들을 사랑할 것이다.

☆ 밤 0.2시

창문을 열고 글을 쓰던 중 앞의 어둠 속에서 주위의 공기 속의 기운이 악마의 기운으로 세상에 가득 차 있음에 응축된 마음인데 그 속에 ✧ 순수의 빛 하나가 희미하게 나타나 있음에서 점점 밝게 빛나더니 세상이 밝아지는 것을 보고 예수님의 사랑이 온누리에 부처님의 자비가 온 세상 우주에 있음을 깨달았습니다.

나는 여기서 두 번째의 '깨달음'을 얻었다.

첫 번째 깨달음에서 이 세상 우주에 신 아래에서 최고의 더러운 문둥병의 섞은 피고름에 진정으로 사랑으로 입맞춤하며 내가 죽음에서 나의 사랑이 너희 문둥병균 섞은 피고름이 거름이 되어 다음 세상에 코스모스 꽃같이 들국화 꽃같이 매화꽃 복사꽃 하얀 배꽃같이 피어나서 세상에 아름다움을 주어라.

무명 시인 장용득

十자가 그로 하여 원수를 사랑하라. 예수님의 성좌에 깨달음에 깊숙히 꽃 바람에 휘날리고 있는 저~먼 곳에 홀로 서있는 나를 보며 악은 밤하늘의 반딧불입니다를 깨닫게 되었습니다. 2018년 3월 초에 밤에 서울의 무수한 十자가를 보며 특히 여의도 순복음교회 위의 十자가를 보며 각 교회 안쪽 벽에도 예수님이 못 박혀있는 十자가 말고 十자가만 있는 교단을 형상하면서 깨달음이 온 것이다.

★세 번째의 깨달음!

지옥의 처참한 암흑의 고통과 아픔 또 죽음의 아비규환 속에 암흑 속에도 신◇의 빛이 흐르고 일거수일투족 속마음(관심법)까지도 알고 있는 우주의 신◇의 온기를 형상으로 보면서 나는 신에게 차라리 저들의 죄의 대가를 저가 그 지옥을 오가며 저들의 아픔 고통을 다 받겠습니다. 중생들이 이승에서 어찌 깨달음의 진리를 알겠습니까? 저들을 안타까이 바라보고만 있었던 저의 태만이니 내가 죽음에 가더라도 저들도 원망하지 않고 나로 하여 5차원의 새싹이 저들 마음에 움터움으로 나오길 나는 기쁜 마음으로 아픔과 고통을 인내하며 죽음일지라도 새싹을 티움을 생각하겠습니다. 나는 여기에서 세 번째 깨달음을 얻었습니다. 아~하! 그래서 예수님이 十자가에 못 박혀 아픔 고통과 죽음이 중생들을 대신해서 받으셨구나.

2018년 3월에 세 번째 깨달음이 왔습니다.

★네 번째 깨달음!

신◇의 빛이 우주세상 어느 지옥에도 있음을 깨달았다. 나도 신의 순수의◇ 빛으로 닮아가고 있음을 깨달았다. 과학의 4차원이 빛이 1초에 7억만km를 간다고 했다. 그러면 인간의 영감은 1초에 0.0007억만km를 가고 신은 영겁으로 우주세상 맨 끝자락에 가시 하나가 찔려도 그 아픔을 안다. 모든 것이 내 탓이요! 이것을 하나만 깨달으면 우주의 기 속에 내가 있음을 알고 내가 만나는 악이든 선이든지 그것이 나의 업보이고 중생(현실)에 악을 만났어도 내가 선으로 줄 때 세 번째 깨달음같이 악이 중생이 "뭘" 신의 ◇ 순수의 빛을 몰라서 한 것들도 내가 선으로 죽어 거름이 되면 불교의 탑같이 무거운 짐을 중생에 섞어서 거름이 되면 영생은 탑의 맨 꼭대기에 올라있는 비운만큼 가벼워서 위로 올려가는 진리의 이치니라. 우주 세상에서 자기 자신의 자아를 깨닫고 우주의 평등을 깨달으면 부처님의 미소가 일어난다. 악마와 사탄도 신의 대우주세상의 창조 때 진화론 속의 예술작품이라면 아름답지 않을까. 나 자신도 그 속의 먼지 아니면 기 하나 우주 세상에 있다면 참 신기하지 않나요~ 암만! 잉!

★다섯 번째의 깨달음!

신-◊- 순수의 영혼 - 신성하다 - 이것이 곧 우주의 영혼이다.

*신의 신성을 모욕하지 말라.

사람의 뇌가 위쪽에 위치하고 사람의 머리 좌측뇌가 신과 소통하고 우측뇌는 나의 몸을 지배하고 마음은 나의 지구촌 어느곳이 고향이듯이 신도 우주의 위쪽에 -◊- 위치하고 있음을 상기시킨다. 위쪽을 하늘이라고 우리가 칭한다. 7살 때부터의 생각과 행동은 평생을 나의 뇌 속에 있다.

①하늘[신-◊-이] 알고 ②땅이 알고(지구촌의 영혼) ③내가 안다(중생에 깨달아라) 신-◊- 순수의 빛 5번째 깨달음이 나의 모든 깨달음이고 이것이 3대 성좌에 입문하려는 논문이다. 2018년 무술년 4월 20일에 나의 모든 깨달음은 끝이다. 깨달음이 한번에 광명천지가 밝아지게 확 오는 것이 아니고 진화론 속에 우주 세상의 기류(영혼)이 오는 것과 만남이고 특히 화장실에서 깨달음이 잘 오더이다. 그것의 이유를 분석해보니 이 세상 생명체 모두는 더럽고 추악한 곳에 가장 아름다운 꽃이 피는 원칙이더이다. 지금 이 글을 쓰는 곳이 10월 8일 속초 교동 현대 2차 아파트로 나는 속초 시민이 되었다. 10월 11일 아침 전 산책을 속초 바다의 명물 영금정에 혼자 올랐다. 먼저 바다의 용왕에게 인사를 하고 교동 우리 아파트 쪽을 올려보니 설악산의 웅장함의 산맥이 봉황이 날고 있는 날개 품 안에 있는 것 같았다. 특히 울산 평풍바위는 봉황의 알을 보호하듯 조선의 임금을 보호하는 평풍처럼 서있고 울산 평풍바위 기운이 그 안에 있는 동네에서 임금이 나올 풍수이고 설악산 봉황의 좌측산 정상자락엔 좌청룡으로 장군의 무장이 나올 정기이고 우백호 우측 봉우리 자락엔 장관 문관이 나올 풍수지리이니 삼천 리 금수강산은 산의 정기가

봉황의 정기인데 일본놈들이 설악산의 정기에도 아마 분명 쇠말뚝을 박아서 맥을 끊어 놓았을 게야. 그러해서 속초가 지금까지 아픔의 잠을 자고 있었을 거야. 이제 무명 시인 내가 왔으니 봉황의 날개를 펼칠 거야. 영금정이 울산 평풍바위 품안 동쪽바다 앞에 있고 독도가 삼천 리 금수강산 한민족에 아침의 영롱한 이슬의 상징인데 동쪽의 해가 먼저 떠오르는 동방의 독도를 오늘도 일본놈들이 지네 땅이라고 아베 수상놈이 지랄 떠니 한민족이여 동쪽이 무너지면 이 나라 이민족이 무너진다는 것을 왜? 명심하지 않는가?

김정은 북한의 영도자님이 유엔에서 핵을 포기를 못 하겠다 하십시오! 유엔에서 일본이 독도를 삼천 리 금수강산 한민족의 것으로 인정할 때까지 말입니다. 만약 그렇게 되어야 김정은 영도자님과 아버지, 할아버지의 명예와 왕으로서 한반도 삼천 리 금수강산에 역사에 빛날 것입니다.

아~ 나 참 성좌!가 이러면 안 되겠구먼! 우쨌거나, 속초에 내가 왔고 어제 10월 10일에 아침에 영랑호에서 울산바위를 보니 무지개가 좌측 2부 평풍바위에서 설악산 하늘 울산바위 위에 흰구름이 조금 뭉쳐있는 하늘구름에 무지개가 꽂혀있다. 10월 8일 날 내가 이사 오던 날 항구에 교동 바로 앞 항구에서 불꽃 축제를 밤 9시 30분에 해주었다. 속초의 영혼과 나의 영혼이 잘 맞는 것 같다. 어쩌면 속초시를 품고 있는 설악산 봉황이 날개를 펴고 내 집이 울산 평풍바위 품 안에 있으니 동쪽의 영금정 용왕의 바다의 정기가 성좌를 탄생시킬 것 같은 정기를 받는다.

★5차원의 깨달음이란?

참새가 어떻게 봉황의 뜻을 알리요. 요것은 3차원 시대의 것이고 IT 4차원의 과학의 데이터 시대보다 한발 앞선 생각 영혼이 곧 5차원의 깨달음이다. 5차원의 깨달음이란? 두 마리 토끼를 다 잡는 진리를 말하는 것으로 〈예를 들면〉 예수님이나 석가모니님은 영혼 쪽만 성좌로 간 것이기 때문에 인간이 살아가는 육체에 가장 중요한 삶을 살아가지 못하여서 영혼 쪽 1마리 토끼만 잡았고 나는 삶을 열심히 살았고 영혼과 육체의 두 마리 토끼를 모두 잡았다. 예수님은 먼저 깨달음에 득도하신 석가모니님을 정신 영혼 세계를 파악하지 못하고 하나의 성좌로 부활했으니 지금까지 종교싸움으로 세계가 아비규환이다. 나는 석가모니님의 깨달음이 곧 우주의 마음 어머니 마음이요, 예수님의 우주 하나님의 영혼이 곧 아버지의 영위 최고임을 모두 파악하고 깨달았으니 두 마리 토끼를 다 잡은 것이다. 그리고 앞서 TV에 지식인님의 토론이 오직 자기의 주장 생각 한 마리 토끼만 잡는 것을 나는 두 마리 토끼를 다 잡는 설파를 했다. 이제 나의 운명이 잘되어도 나의 운명이요, 못 되어도 나의 운명이니 나에게 어떤 시련 죽음이 온다 해도 내 마음은 미소로 중생을 마감할 것이다.

"이 땅에 예수님이 곧 오십니다. 우리는 예수님을 맞이할 준비를 합시다." 피켓을 들고 영등포 당산동 교회에서 아주머니가 길거리 교화를 한다고 3월에 열을 올리고 있다. 나는 내 얼굴을 그 아주머니와 빤히 마주쳐보았다. 내가 성좌임을 모르는데 예수님이 이 땅에 오시면 어떤 모습으로 나타나서 교인들을 천당으로 데려갈 것인지 이 땅에서 어떻게 하겠다는 건지, 참 한심한 목자들님의 제자들이다. 설악의 금정산 소나무들과 한참 부둥켜안고 신에게 눈물을 뿌리고 내려오는 길 앞에 신흥사 입구에 큰 미륵불이 앉아있다. 미륵불은 석가모니님의 영혼의 세계에서 이 땅의 인간들이 혼탁하고 지구촌에 재앙이 오고 부처님을 빙자하여 가짜가 판을 칠 때에 그러니까 먼 미래에 이 땅에 나타나서 중생들을 구하는 분을 미륵불이라고 한다.

나는 설악의 신흥사 입구 미륵불 앞에서 내가 바로 부처님이 보내시는 석가모니님의 예언이신 그 미륵불임을 느꼈다. 8월에 법정스님이 기거하고 입적하신 성북동 길상사 초라한 암자에서 무명 시인의 눈물을 뿌리고 극락전 부처님에 참배를 하고 큰 제를 지내고 나오시는 스님들에게 합장을 하며 내가 미륵불이라고 마음속에서 메아리로 소리쳐보아도 어느 스님 한 분도 내가 미륵불임을 못 알아보니 개코나 2562년이 지났어도 안 나타나면 언제 나타난다는 것인가? 그래 미륵불이 나타나서 교인들은 모두 지옥 보내고 예수님이 나타나서 불자님을 사탄으로 지옥 보내면 잘돌아가는 지구촌 인간 세상이 되겠구먼요~잉! 암만! 잘하겠찌롱! 도깨비 방망이를 들고 이 땅에 오셨어. 금 나와라 뚝딱, 지옥가라 뚝딱 하실려고요.

TV에 나오시더니 "펑" 하면 사라지고 뿅 하면 나타나고 총을 맞아도 안 죽고 알약 한 알 먹으면 평생을 매롱매롱 초롱초롱 사신다고요~잉! 인간 사람 여러분! 꿈을 깨세요~잉! 암만! 차라리 개꿈은 제법 괜찮다니까요~잉! 나는 예수님의 깨달음. 우주는 하나의 마음이 하나님이고 높은 하늘에 위에 있고 우주를 통솔하시는 분이 우주 집안에 가장 어른이신 하나님 아버지의 마음을 깨달으신 분이고 석가모니님은 우주 전체를 어머니 마음으로 성불 하나의 부처임을 깨달으신 분으로 확신한다. 나는 지금도 두 분 앞에 서면 나는 왜 작아지는지 두 분 등 뒤에 숨어 숨도 못 쉴 것 같이 작아진다.

그러나 나의 신은 -◊- 순수의 빛으로 깨달음의 단계를 여기서 데이터하면 된다는 나의 논문이다. 나는 오늘도 신-◊-에게 기도를 3번 올린다. 매일 밤 0.2시에서 0.3시에 일어나서 세수 양치하고 육체를 위한 나의 운동 3가지 ① 상체 ② 하체 ③ 중체를 15분 정도 하고 0.3시에 신에게 3번 7~8분 올리며 교감한다.

나의 0.3시 밤 기도

기도 1. 벼 씨앗 하나 생명을 주신 신에 감사

창문을 열고 어둠 속에서 앉은 자세로 두 손을 가지런히 왼손이 바깥쪽에서 포개고 나의 책 『통일의 대박꽃』(시혼과 투병일기)을 무릎 위에 얹어 놓고 신의 ◇ 빛 무한세계를 상상한다 ① 블랙홀 ② 은하의 세계 ③ 태양계 ④ 달 ⑤ 지구촌, 눈을 감고 다시 나의 영감을 신에게 보낸다. 여기는 지구촌 서울특별시 당산동 내가 있는 곳, 나의 팔을 펴고 아래로 4시방향 8시방향으로 하고 마음속으로 주문을 외운다. 남해의 ① 향일암 원효대사의 참선자리 뒤 부처님에게 나의 촛불소원 기도에 "종이학아, 날아라" 그 정기를 이제 책이 나왔으니 이소비행에 정기를 ② 황매산 어머니의 정기의 산 내 책이 베스트셀러가 되고 노벨 문학상을 타면 어머니 산 정기의 깨어나므로 삼천 리 금수강산 한민족의 통일과 세계평화를 일깨우신 나의 제1산 황매산의 정기를 내 책에 내리소서. ③ 당산동 고척교의 영혼들아, 너거들이 힘을 모으고 쓸 때가 되었느니 내 책에 영혼을 다오. ④ 강원도 가는 길 이른 초봄 낙엽들이 나를 열렬히 태극기 흔들며 반겨주고 강시봉 아침 이슬, 낙엽단풍들이 나를 축하해주던 자연의 영혼들이 내 책 통일의 대박꽃이 아직도 이소비행을 못 하고 있으니 너거들이 힘의 영혼으로 좀 도와다오. 설악의 금정산 협곡의 소나무들 우리 부둥켜안고 울며 신에게 하소연하는 소나무들, 영혼들아, 내 영감이 신에게 올라가서 너거들의 사연을 무명 시인의 이름으로 알릴 거마! 나는 양쪽 주먹을 쥐었다 펴고 조금 위로 올리면서 ① 금강산 ② 한라산 ③ 백두산 ④ 독도 한민족의 동방의 아침나라 팔을 9시 3시 방향으로 펴고 ① 알프스 산맥 히말라야의 산맥 ② 태평양 외 바다의 연상을 하며 혹등고래의 웅장한 떠오름을 연상하고 ③ 중국의 산맥의 신비 러시아의 백곰을 연상하고 남극과 북극의 오로라의 신비로 팔을 뒤집어 하늘을 보며 달 태양 은하계 블랙홀 신-◇- 순수의 빛 앞에 나의 손바닥으로 ◇을 하고 하늘을 우러러 신 앞에 선다. 나의 합장 손을 두 눈을 감으며 고개를 숙이고 이마와 코에 닿게 하며 15초 정도 죽음에서 벼씨앗 하나에 새싹을 움틔우고 합장손을 다시 신 앞에 가서 눈을 뜨고 신에게 새로운 나의 생명을 주어 감사합니다라고 인사하고 원으로 내려와서 원위치 좌정하고 다시 작은 원을 그리며 지구촌 나의 조상 나 합장의 손을 조상 앞에서 멈추고 다시 내 가슴에 닿고 지구촌의 영혼과 내 부모 조상에게 인사를 하고 좌정한다.

기도 2. 나의 문학 통일과 세계 평화

똑같은 방법으로 신◇ 앞에 합장하고 눈을 감고 합장 손을 이마, 코에 댄 체, 한 손으로 무릎 위에 있는 책을 이마에 대고 그다음 가슴에 안고 통일과 세계 평화를 이 책의 이름으로 이루게 하소서 기도하며 신 앞에 바쳤다가 내려오며 우주계에 소개하고 항일암, 황매산, 서울의 당산동, 고척교 영혼들, 강원 강시봉의 낙엽들, 설악의 소나무 영혼들, 여기는 설악산 대청봉 아래 울산 평풍바위 안에 있는 교동 현대 아파트에 신의 은빛이 내리는 여기로 다 모여라. 그리고 내 곁을 맴돌며 내 책이 유명하게 해다오.

기도 3. 내가 죽어 거름이 되어 악을 신선하게

위와 동일 기도하며 나의 깨달음 1. 문둥병 2. 十자가 3. 지옥에서 내가 죽음으로 신에게 가면서 이 땅의 모든 악을 함께 신 앞에서 아픔과 고통 죽음은 내가 당하고 이 땅의 악마 사탄에게도 새로운 5차원의 새싹으로 깨워준다.

*위의 기도는 매일 하되 몸이 피곤할 때는 시간이 늦을 때도 있음을 알기 바라며 성좌의 탄생에 지구촌 인간과 세상만물에게 신◇이 준 선물 3가지와 깨달은 자 성좌가 준비한 선물 3가지가 있다. 지구촌 사람들이여 나도 똑같은 사람으로서 어떤 좋은 큰 선물인지 궁금하지 않나요~잉!

선물 뚜껑을 열게요. TV같이 중요한 것은 더 궁금증을 일으키기 위하고 시간을 끌어 먹으려는 수작은 부리지 않고 바로 열게요~잉!

신이 사람들에게 줄 선물 3가지

(성좌가 사람들에게 줄 선물 3가지)

★신이 ◇ 준 선물 3가지?

1. 지구촌 삼천 리 금수강산 동방의 영롱한 아침 이슬의 나라 한민족에게 하나의 통일을 선물한다.
2. 그리하여 유엔을 중심으로 세계평화를 선물할 것이다.
3. 악마도 사탄도 성좌의 아픔과 고통 죽음으로 모든 생명체가 죽으면 극락천국으로 가는 선물을 할 것이다.

★깨달은 자 성좌의 선물 3가지?

1. 자아 평등을 깨달으면 우주세상이 아름답고 신비하다. 우주 모두 우주세상에 존재함을 평등하게 주었다.
2. 모든 생명체는 태어나면 죽음을 공평하게 주었다. 조금 일찍 죽고 늦게 죽음의 차이뿐 세월이 흐른 뒤에 보면 누구나 영웅호걸도 악마도 똑같이 흔적도 없는 평등을 주었다.
3. 잘 살고 부귀영화 권력이나 거지같이 못 사는 사람이나 깨달음의 차이일 뿐. 똑같은 평등을 주었고 죽음이면 모두가 맑은 ◇ 천국극락에 간다. 내가 죽음에 2번 가봐서 확실히 안다.

속초 설악산 대청봉, 신선봉, 청대산, 울산 평풍바위의 기운(정기를 받고 가장 큰 깨달음을 얻었다)

2018년 10월 14일 속초에서

나에게 가장 큰 깨달음이 왔다. 아침 먹고 머리 염색하고 화장실에서 목욕을 하면서 설악산의 대천봉 정기와 청대산, 신선봉, 평풍, 울산바위의 정기가 깨어나서 신의 이름으로 나에게 내린 것 같다. *영랑호수의 범바위에서* 소인은 바위의 영혼에게 소원을 빌고 대인은 바위의 영혼이 대인을 지켜주는 것에 고마움의 연민을 보낸다.

★가장 큰 깨달음?

"모든 것은 나의 운명이다. 그리하여 현재의 나임을 알았다!"

*지금까지 평생 살아온 좌절과 시련, 아픔, 고통, 희로애락이 있었기에 현재의 나임을 깨달았다. 만약에 내 책이 베스트셀러라든가 많이 팔려서 돈을 벌었다면 지금 현재 내가 아닐 것이다. 이 깨달음을 얻는 지금 이 세상 부귀영화 권력의 허세와 허영 영웅심의 순수◊하지 못한 마음의 사람들과 어찌 바꿀 수 있으리오. 앞으로 모두가 또한 저들의 운명인 것을 그러하여 깨어가라. 어차피 모두가 세월이 가고 똑같이 죽음이라면 만약에 영혼이 있고 영생이 있다면 의로운 죽음이 영광이지 않을까요. 만약에 영혼이 영생이 없다고 해도 현재의 내 마음이 악한 마음을 먹으면 내 마음이 무겁고 죄악의 탈을 쓰지만 내 마음이 선일 때는 내 마음이 선이지 않을까요~잉! 모든 것은 내 운명이고 그러해서 더 나은 내 자신임을 알았으니까요. 이제야 신에게 원망이 사라지고 나에게 오는, 모든 것은 나의 운명임을 분명히 명확히 알았습니다. 그러하여 더 나은 미래(영생)에 찬연히 영롱한 아침 이슬이 보이니까요. 나의 헤픈 눈물이 삼천 리 금수강산에 영롱한 아침이슬이요, 나의 실패와 좌절 아픈 고통은 더 낳은 나의 새싹이 움터옴이고 지옥의 영혼들을 구제하기 위한 나의 죽음은 이 지구촌과 우주에 찬연한 아침 이슬이 태양에 반짝이더이다.

"사람들이여! 하루에 '악을 사랑하자!'고 마음속에서 3번만 구호를 외치세요. 그러하면 여러분 모두가 5차원의 새싹이 움터옴에 동참할 거예요. 신◊의 순수한 빛의 은총이 여러분에게 내리시길 기원하면서.

신◇ 순수의 빛.

오늘부터 나의 모든 것은 삶이나 죽임일지라도 신의 일로 나를 접속되는 것 같다.

우주 세상에 작은 돌멩이 하나, 바람 공기 한갓, 물 한 방울도 왜? 영혼이 있는 것이지.

3대 성좌에 도전이란 글 책을 쓰고도 죽음 후 아무것도 영혼이 없다는 경험을 하고도 왜? 1. 영원히 2. 영생이 3. 영혼이 있는 것이지 신◇은 왜?

나를 영원, 영생, 영혼의 영감으로 살아가라 하지.

나의 영혼이 우주에 영감하게 하지.

앞으로 꼭 그렇게 살아가게 될 거 같은 내 운명인 것이지. 나의 영혼을 정리해 본다.

2018년 무술년 10월 14일 속초 설악산 대천봉, 울산 평풍바위의 정기를 받으며 설악 소나무의 예찬으로 교동 현대 아파트 무명 시인.

장용득